ERREURS DES COMPAS

DUES AUX ATTRACTIONS LOCALES

A BORD DES NAVIRES EN BOIS ET EN FER,

SUIVI

d'Instructions sur les moyens de déterminer ces erreurs et de les corriger

Par M. **DARONDEAU**,

INGÉNIEUR-HYDROGRAPHE DE LA MARINE.

PARIS,

IMPRIMERIE ADMINISTRATIVE DE PAUL DUPONT,
Rue de Grenelle-Saint-Honoré, 45.

1858

NOTICE

SUR LES

ERREURS DES COMPAS

DUES AUX ATTRACTIONS LOCALES

A BORD DES NAVIRES EN BOIS ET EN FER.

Paris, impr. de Paul Dupont, rue de
Grenelle Saint-Honoré, 45.

NOTICE

SUR LES

ERREURS DES COMPAS

DUES AUX ATTRACTIONS LOCALES

A BORD DES NAVIRES EN BOIS ET EN FER,

SUIVIE

d'Instructions sur les moyens de déterminer ces erreurs et de les corriger ;

Par M. **DARONDEAU**,

INGÉNIEUR-HYDROGRAPHE DE LA MARINE.

———

PARIS,

IMPRIMERIE ADMINISTRATIVE DE PAUL DUPONT,

Rue de Grenelle-Saint-Honoré, 45.

1858

NOTICE

SUR LES

ERREURS DES COMPAS

DUES AUX ATTRACTIONS LOCALES

A BORD DES NAVIRES EN BOIS ET EN FER [1].

La grande quantité de pièces de fer que depuis quelques années on fait entrer dans la construction des navires, la présence de l'artillerie, celle des machines sur les bâtiments à vapeur, affectent généralement les boussoles d'erreurs qui pourraient avoir les conséquences les plus funestes, si l'on n'y donnait une attention sérieuse, et si on ne cherchait, soit à les compenser par les moyens que la science a fait découvrir, soit à les déterminer d'une manière précise, afin d'en tenir compte dans la réduction des routes et dans tous les calculs de navigation basés sur l'observation de la boussole.

Ce n'est que vers la fin du siècle dernier que les déviations produites par l'attraction du fer des vaisseaux sur les boussoles ont été signalées [2]; il est bon cependant de faire remarquer que vers l'an 1666 un hydrographe français, Guillaume Denis de Dieppe, avait observé que deux boussoles placées en deux points différents d'un navire ne donnaient jamais les mêmes indications ; ce fait n'avait pas non plus échappé à la sagacité

---

[1] Cette notice, écrite en 1847, a été à cette époque communiquée au ministre de la marine et à diverses commissions.

[2] Quelques-uns des détails historiques qui suivent sont empruntés au *Traité d'électricité et de magnétisme* de M. Becquerel, tome VII.

de Dampier, qui s'étonnait de trouver dans le voisinage du cap de Bonne-Espérance, et en des positions très-rapprochées, des variations qui différaient entre elles plus que ne devait le faire supposer la distance des points d'observation.

Mais c'est Wales, l'astronome des voyages de Cook, qui le premier se soit occupé de rechercher la cause de ces déviations, et ait remarqué que la direction du cap du navire avait une influence marquée sur les variations de la boussole.

Vancouver dans ses voyages autour du monde, le capitaine Phipps, depuis lord Mulgrave, dans son voyage au pôle Nord, M. Beautemps-Beaupré dans l'expédition de d'Entrecasteaux, remarquèrent aussi que les indications de la boussole étaient fréquemment entachées d'erreurs, et ce fut d'après cette considération que le célèbre hydrographe français se décida à substituer, pour le levé des cartes hydrographiques, l'usage du cercle à réflexion de Borda à celui d'un instrument qui offrait si peu de précision.

Cependant, il faut le dire, tous ces navigateurs, à l'exception de Wales peut-être, avaient attribué la déviation des compas de mer à l'imperfection de ces instruments. Downie alla plus loin et le premier pressentit le rôle que devait jouer dans ces perturbations l'action du fer existant à bord du navire. A Flinders il était réservé d'assigner à ces perturbations leur véritable cause, l'attraction locale exercée par les pièces de fer qui se trouvent à bord des navires. Toutefois je pense qu'on est allé au delà du vrai, en admettant cette influence comme la cause unique de ces perturbations ; l'imperfection des boussoles y entre pour beaucoup, et empêche même quelquefois de reconnaître quelle est la part qu'il faut attribuer aux attractions locales : c'est du moins ce que de nombreuses observations que j'ai faites sur plusieurs navires de la flotte m'ont démontré d'une manière évidente.

Pour en revenir aux travaux de Flinders, il avait remarqué que lorsque le cap du navire était au N. ou au S. la boussole n'était affectée d'aucune erreur, et que la déviation la plus grande avait lieu dans un sens lorsque le cap était à l'O., et dans l'autre lorsqu'il était à l'E. ; il en avait conclu que le fer du navire avait une attraction sur l'aiguille, et il avait de plus observé cette distinction remarquable que dans l'hémisphère Nord c'était la pointe Nord de l'aiguille qui était attirée vers l'avant du navire et que dans l'hémisphère Sud, c'était la pointe Sud. Enfin, il remarqua que les changements dans la déviation étaient intimement liés avec ceux de l'inclinaison de l'aiguille aimantée et diminuaient ou augmentaient avec elle.

Les observations de Flinders le conduisirent à la recherche de formules empyriques pour exprimer la valeur de la correction à appliquer aux relèvements pris à bord; mais, appuyées sur des faits particuliers qu'on s'était trop hâté de généraliser, elles devinrent insuffisantes lorsqu'on eut à les appliquer à des navires sur lesquels la répartition des masses de fer était différente.

Cependant, dès cette époque, la question commença à prendre une nouvelle importance; plusieurs officiers de la marine anglaise, entre autres les capitaines Ross, Parry et Sabine s'en occupèrent avec activité. Durant l'expédition à la recherche du passage N. O. entreprise par les deux premiers à bord de l'*Isabella* et l'*Alexander*, il fut fait des observations spéciales pour vérifier l'exactitude des règles tracées par Flinders. Ces observations démontrèrent que la direction dans laquelle les indications du compas étaient exactes n'était pas toujours celle du méridien magnétique, et même pour l'*Alexander* c'était dans une direction à peu près perpendiculaire à celle-ci que le compas n'était affecté d'aucune erreur; mais, en élevant le compas d'une dizaine de pieds au-dessus du pont, on trouva que la ligne de non-déviation était à peu près Nord et Sud.

D'autres observations démontrèrent que les règles de Flinders relatives aux rapports entre les changements de variations et l'inclinaison de l'aiguille aimantée n'étaient pas toujours applicables. Ainsi d'après ces règles l'erreur *maximum* pour le lieu où l'inclinaison de l'aiguille aimantée était de 86° 9′ eût dû être de 7 à 8 degrés, 15° d'erreur totale, tandis que d'après l'observation elle s'éleva à plus de 50°.

Jusque-là aucun moyen pratique n'avait été trouvé pour corriger les effets de l'attraction locale; mais, avant de parler des travaux de M. Barlow sur cette question, disons quelques mots des conséquences auxquelles peut donner lieu la force perturbatrice qui agit sur la boussole.

Dans notre hémisphère, l'effet de cette force sur le compas placé vers l'arrière d'un navire en bois comme celui de Flinders et à une petite distance de son axe longitudinal, sera *généralement* nul ou presque nul, lorsque le cap sera au N. ou au Sud. Si le compas n'est pas placé directement au-dessus de masses de fer importantes ou n'en a pas dans son voisinage immédiat, à mesure que le cap s'approchera de l'E. ou de l'O., l'action deviendra plus sensible, et le *maximum* aura lieu quand le cap sera à l'E. ou à l'O. ; l'effet sera tel, ainsi que l'a remarqué Flinders, que le pôle Nord de l'aiguille sera attiré par l'avant du navire. Il en résultera que, lorsque le cap sera à l'E. suivant le compas, le pôle Nord du méridien magnétique sera réellement plus écarté de l'avant du navire qu'il ne le semble d'après l'indication de la boussole ; en sorte qu'en réalité le navire fera route à l'E. quelques degrés S., et courra par conséquent sur tribord de la route qu'il croit faire.

Lorsque le cap sera à l'O., le pôle Nord du méridien magnétique sera réellement plus écarté de l'avant du navire qu'il ne le semble d'après le compas, en sorte que le navire fera en réalité route à l'O. quelques degrés S. et courra par conséquent sur bâbord de la route qu'il croit faire.

En un mot tout navire dans ces conditions qui aura le cap vers l'E. tombera sur tribord de sa route, et tout navire qui aura le cap vers l'O. tombera sur bâbord.

Un fait qui a certainement retardé la découverte et l'étude des effets de l'attraction locale sur les boussoles, c'est l'habitude où l'on est généralement en marine d'attribuer aux courants toutes les différences qu'on remarque entre les routes estimées et les routes observées ; aussi les résultats généraux trouvés dans la direction de certains courants seraient-ils considérablement modifiés si l'on faisait entrer en ligne de compte les changements réels qu'ont subis les routes parcourues, par l'effet de l'attraction locale.

Supposons un navire faisant une longue route à l'O. ; d'après ce que nous avons vu tout à l'heure, il tombera sur bâbord de sa route, et fera par conséquent du S. ; si l'erreur de ses compas dans la direction qu'il suit est de 5°, en lui supposant une vitesse de 8 à 9 nœuds, toutes circonstances favorables du reste, il fera 200 milles dans les 24 heures, et au bout de cet intervalle les observations astronomiques le placeront à 18 milles dans le S. de son estime : ces 18 milles seront sans aucun doute attribués à un courant portant S.

En revenant dans l'E., toutes choses égales d'ailleurs, il tombera sur tribord de sa route, et fera encore du S.; il trouvera donc, comme dans le cas précédent, que dans les 24 heures il a été porté de 18 milles dans le S., ce qui confirmera dans l'opinion du capitaine l'existence du courant qu'il avait cru remarquer en allant dans l'O., et cependant il n'aura été réellement soumis à aucun courant; mais dans la conviction que ce courant qu'il a observé en allant et en revenant existe en effet, il le signalera; et un autre bâtiment qui, en raison d'une répartition différente du fer à bord, se trouvera dans d'autres conditions magnétiques et aura ses boussoles influencées d'une manière toute différente, tiendra compte, en suivant la même route, du courant signalé par son devancier, courant dont l'existence sera garantie par des observations parfaitement justes en apparence, et il ira peut-être ainsi se jeter sur un danger qu'il aurait évité, si un courant portant S. ne lui avait pas été indiqué.

Un fait signalé en 1847 au Ministre de la marine montre à combien d'erreurs on peut être exposé dans la navigation, quand on ne tient pas compte des déviations que peuvent subir les compas par suite de l'attraction locale.

Le capitaine du paquebot de l'administration des postes l'*Egyptus* avait remarqué dans plusieurs voyages qu'en partant de Malte et faisant route pour passer à 5 ou 6 milles de la pointe Granitola, à la côte S. O. de Sicile, le navire se trouvait porté sur cette pointe, et eût été en danger de se perdre si c'eût été de nuit.

D'après la carte, la route à faire en cette circonstance est le N. 30° O. du compas.

Le même officier avait remarqué de plus que rendu de jour devant cette pointe, si l'on s'en mettait à 4 milles environ E. et O., la route à faire, suivant la carte pour aller droit à

Maritimo, était le N. 21° O.; mais, en faisant mettre le cap sur cette île que l'on voit très-bien, le compas de route indiquait le N. 29° O. et non pas le N. 21° O.

Cet officier conclut de là que les positions de Granitola et de Maritimo n'étaient pas exactes. Or, il faudrait supposer, pour expliquer ces différences, que la position de Maritimo est en erreur de 10 à 12 minutes en longitude; mais une pareille erreur ne peut exister. M. Gautier a donné pour la longitude du sommet de cette île, 9° 43' 20''; le capitaine Smith place le château par 9° 44' 40''; enfin, le *Volage*, dans la reconnaissance des Esquerquis, en 1840, a trouvé pour la longitude du sommet de Maritimo 9° 43' 40''; il est donc certain que cette position peut être considérée comme sûre à une minute près.

De la première observation du capitaine de l'*Egyptus*, il résulte que la pointe Granitola serait placée plusieurs milles trop à l'E.; de la seconde, on conclut, l'île de Maritimo étant bien déterminée, que la pointe Granitola serait sur la carte trop à l'O. de plusieurs milles, puisqu'en réalité elle serait au S. 29° E., tandis que d'après la carte elle serait au S. 21° E. de Maritimo; il est donc évident que ces deux observations se contredisent l'une l'autre si l'on veut les expliquer par une erreur de la carte; mais, si l'on considère que ces faux relèvements peuvent aussi être expliqués par une erreur du compas de l'*Egyptus*, on conclura que si le N. 29° O., compté sur le compas de ce bâtiment, répond au N. 21° O., il aurait fallu pour avoir le N. 30° O., direction à suivre pour aller de Malte à la pointe Granitola, faire à peu près le N. 38° O., et alors on aurait passé au large de cette pointe.

Nous n'insisterons pas davantage sur les effets qui peuvent résulter de la négligence de l'attraction locale; tout marin s'en rendra parfaitement compte; mais la conséquence pratique qui ressortira des faits que je viens d'énoncer, c'est la nécessité de toujours noter le cap du navire lorsqu'on fait des observations de variation, et de ne compter sur la variation observée que pour ce cap.

Un grand nombre d'expériences faites par M. Barlow sur les attractions magnétiques et notamment sur les déviations de la boussole occasionnées à bord des navires par la présence de l'artillerie conduisirent ce physicien à penser que ces effets pouvaient toujours être reproduits par une seule masse de fer placée d'une manière convenable par rapport au compas : ce qu'a justifié l'expérience.

Partant de ce principe que les différentes masses de fer qui sont à bord d'un bâtiment acquièrent la propriété magnétique sous l'influence du globe terrestre et agissent ensuite sur la boussole comme le feraient de véritables aimants, il en conclut que la masse de fer additionnelle serait modifiée de la même manière que les masses perturbatrices dans les changements de latitude, et que, quel que fût le lieu où se trouverait le navire, l'action de cette masse additionnelle sur le compas pourrait toujours représenter l'influence des autres masses de fer.

M. Barlow, ayant dans les expériences précitées reconnu que le pouvoir attractif d'une masse de fer réside dans sa surface, adopta pour la masse de fer additionnelle un simple disque de ce métal, qui, bien que doué d'un volume peu considérable, pouvait néanmoins avoir sur la boussole une influence puissante.

Après avoir déterminé quelles étaient pour différentes directions du navire les erreurs produites sur le compas par les masses perturbatrices, on transportait la boussole à terre, puis, au moyen d'une disposition particulière qui permettait d'approcher et d'éloigner le disque du compas et de l'élever ou de l'abaisser par rapport à celui-ci, on cherchait par tâtonnements la position que devait occuper le disque pour que les erreurs du compas présenté vers différents points de l'horizon, fussent les mêmes que celles observées à bord : mesurant alors la distance du disque à la verticale passant par le pivot de l'aiguille et la distance verticale du centre du disque à la rose de la boussole, on avait le moyen, une fois à bord, de placer, sur le support du compas de relèvement, le disque de manière à ce qu'il fût, par rapport au compas, disposé comme dans l'appareil dont on avait fait usage à terre.

Pour appliquer le disque à la correction des relèvements magnétiques destinés à donner la variation, voici comment on opère :

On commence par faire les observations de la manière habituelle et ensuite on les répète immédiatement avec le plateau fixé ; la différence entre les deux observations donne l'attraction locale.

En effet la première observation est entachée de l'erreur due à l'action locale ; la seconde est entachée de deux fois cette erreur ; celle-ci est donc égale à la différence des deux observations, et, en retranchant cette erreur de la première observation, on a le relèvement corrigé de l'attraction locale.

Si la deuxième observation était numériquement plus faible que la première, la différence devrait être ajoutée à la première observation, pour avoir le relèvement corrigé de l'attraction locale.

Il y a une autre manière de se servir du plateau de Barlow, c'est de le placer de manière à produire sur l'aiguille de la boussole une action égale et diamétralement opposée à celle de la résultante des forces magnétiques du navire.

Les expériences faites, en Angleterre, pour constater les avantages de ce procédé, ont démontré qu'il donnait de bons résultats, tant qu'on ne s'éloignait pas beaucoup du lieu où l'installation du disque avait été faite ; mais qu'en changeant de lieu et surtout en s'avançant vers les régions polaires l'attraction locale n'était plus compensée par le disque et que celui-ci devait être changé de position.

Des résultats semblables ont été trouvés par la corvette la *Recherche*, dans son voyage au pôle Nord et en Scandinavie.

Toutefois, M. Airy, astronome de l'observatoire de Greenwich, dont nous allons tout à l'heure décrire les travaux, a reconnu, dans la discussion des formules analytiques qui représentent les actions perturbatrices des masses de fer d'un navire sur un compas placé à bord, que le disque de Barlow ne corrigeait qu'une partie de la force perturbatrice représentée par un premier terme de la formule et qu'une autre partie, représentée par le deuxième terme, se trouvait doublée ; mais il démontre, en même temps, qu'au moyen d'un second disque ou de toute autre masse de fer placée à la hauteur du centre du compas, on peut rendre exactes les indications de celui-ci pour tous les caps du navire et pour toutes les latitudes magnétiques.

Les savantes recherches de M. Airy, sur les perturbations de la boussole à bord des navires en fer, ont complété cette série de travaux importants en faisant connaître la nature de la force perturbatrice qui, sur ces bâtiments, de même que sur ceux en bois, tend à écarter du méridien magnétique l'aiguille de la boussole.

Il résulte des expériences nombreuses et délicates faites par le savant anglais, que la force perturbatrice en question est due : 1° à une quantité considérable de magnétisme permanent, c'est-à-dire de la même nature que celui qui existe dans un barreau aimanté ; 2° à une quantité généralement beaucoup plus faible de magnétisme accidentel développé par l'action du globe terrestre sur certaines pièces du navire situées dans une position convenable, et de la nature de celui qui se produit dans une barre de fer placée verticalement ou mieux dans la direction de l'aiguille d'inclinaison.

La cause de cette seconde espèce de magnétisme est, comme nous venons de le dire, l'influence du globe terrestre sur certaines pièces de fer situées dans des positions convenables. La présence du magnétisme permanent peut s'expliquer par la combinaison de cette action avec la propriété qu'ont les pièces de fer aimantées par l'influence du globe de le devenir d'une manière permanente, lorsqu'un choc, une torsion ou toute autre cause mécanique vient à troubler l'état d'équilibre de leurs molécules.

Dans tous les cours de physique on fait une expérience qui consiste à tenir un barreau de fer dans la direction de l'aiguille d'inclinaison : tant que ce barreau reste dans cette position, il possède la polarité magnétique ; son extrémité supérieure présentée à la pointe Nord d'une aiguille aimantée, librement suspendue, l'attire ; elle repousse au contraire la pointe Sud. C'est l'inverse pour l'extrémité inférieure. Qu'on vienne à changer bout pour bout la position du barreau de fer, on observera toujours le même phénomène ; son extrémité supérieure attirera toujours la pointe Nord de l'aiguille aimantée et repoussera la pointe Sud. Dans toute autre position, pourvu que le barreau de fer doux ne soit pas dans le méridien magnétique, l'une ou l'autre de ses extrémités attirera indistinctement la pointe Nord ou la pointe Sud de l'aiguille ; il aura donc perdu la polarité magnétique. Que l'on répète la même expérience avec un barreau aimanté, les choses ne se passeront plus comme ci-dessus, ce sera toujours la même extrémité du barreau qui attirera ou repoussera la pointe Nord de l'aiguille, et cela aura lieu quelle que soit la position du barreau aimanté, qu'il soit ou non dans le méridien magnétique, et que la même extrémité du barreau soit mise successivement en haut ou en bas.

Reprenons maintenant la barre de fer doux ; plaçons-la dans la direction de l'aiguille d'inclinaison et dans cette position frappons l'une de ses extrémités avec un marteau ; ce simple choc suffira pour y fixer, d'une manière permanente, la propriété magnétique qui y était développée provisoirement, et la barre de fer se conduira tout à fait comme le barreau aimanté que nous avons considéré tout à l'heure.

On comprend dès lors que dans un navire en fer le magnétisme par influence a dû se développer dans un grand nombre des pièces de fer dont sa coque est composée, et que les coups de marteau, les chocs indispensables pour river ces pièces les unes sur les autres, ont dû fixer ce magnétisme d'une manière permanente et changer en véritables aimants certaines pièces du navire ; quelques autres pièces au contraire chez lesquelles, en raison de leur position, la vertu magnétique ne s'était pas manifestée, sont restées libres de magnétisme permanent et, conservant toutes les propriétés du fer doux, sont susceptibles de s'aimanter par l'influence du globe terrestre, lorsqu'elles se trouvent dans des situations convenables. D'après nos propres observations et quelques remarques faites en Angleterre, la résultante des forces magnétiques du navire semble être dans la section du navire qui se trouvait dans le méridien magnétique, lorsqu'il était sur les chantiers.

Connaissant une fois la nature complexe de la force perturbatrice qui affecte la boussole à bord des bâtiments en fer, il devenait facile d'en conclure la marche à suivre pour compenser cette force. Il s'agissait d'abord de créer à bord du navire une force perturbatrice permanente ayant sur la boussole une action égale et de signe contraire à celle du magnétisme permanent. C'est à quoi M. Airy est parvenu en faisant agir sur la boussole un ou deux barreaux aimantés, convenablement placés.

Quant au magnétisme par influence, il fallait, pour détruire son effet, employer une masse de fer doux qui, participant à tous les changements de position du bâtiment et par suite à toutes les influences magnétiques auxquelles celui-ci était soumis de la part du globe, se chargeât de la quantité de magnétisme nécessaire pour équilibrer dans chaque direction du navire l'action perturbatrice de celui-ci.

Les détails théoriques et pratiques de ces observations sont consignés dans un fort beau mémoire de M. Airy, inséré dans les *Transactions philosophiques* de la Société royale de Londres pour 1839, mémoire dont un extrait accompagné d'instructions spéciales, et rédigé par M. Airy lui-même, a été traduit et inséré dans les *Annales maritimes* de 1842 [1].

Sans entrer ici dans de grands détails sur les résultats consignés dans ce mémoire, nous rappellerons que l'action du magnétisme permanent du navire peut être représentée par une force constante faisant avec la quille un certain angle qu'il est possible de déterminer au moyen d'observations assez délicates; mais, pour plus de simplicité dans la pratique, on suppose cette force décomposée en deux autres agissant, l'une parallèlement, l'autre perpendiculairement à la quille, et c'est de chacune de ces composantes que l'on s'applique à détruire l'influence.

Pour opérer cette correction, on dirige l'axe du navire suivant le N. ou le S. magnétique par un des moyens qui seront indiqués dans une autre partie de ce mémoire. Dans cette direction, la composante longitudinale, se confondant avec le méridien magnétique n'a plus de tendance à faire sortir l'aiguille de la boussole de ce méridien ; si donc celle-ci ne marque pas le N., c'est seulement en vertu de la force perturbatrice transversale ou perpendiculaire au plan vertical passant par la quille. On détruit cette force au moyen d'un barreau aimanté dont la direction est perpendiculaire au plan vertical passant par la quille, et qu'on place à une distance du compas telle que celui-ci pointe exactement.

---

[1] Une nouvelle édition de cet extrait du mémoire de M. Airy vient d'être publiée par le Dépôt des Cartes et Plans de la marine.

Pour compenser la force perturbatrice longitudinale ou parallèle à la quille, on dirige l'axe du navire suivant l'E. ou l'O. magnétique ; dans ce cas l'aiguille n'est plus soumise à l'action de la force transversale, puisque celle-ci se confond avec le méridien magnétique ; si donc la boussole ne marque pas l'E. ou l'O., c'est seulement par l'influence de la force perturbatrice longitudinale ; mais en la faisant pointer exactement, au moyen d'un barreau aimanté parallèle à la quille, on détruira cette force longitudinale.

On aura donc, au moyen de deux barreaux aimantés placés ainsi que nous venons de le dire, contre-balancé l'action perturbatrice du magnétisme permanent du navire sur le compas ; mais pour que cette compensation agisse efficacement lorsque le cap du navire est au N., au S., à l'E. et à l'O., il est essentiel que le centre de chacun des barreaux aimantés soit dans le plan vertical parallèle à la quille passant par le centre du compas, ou bien dans le plan perpendiculaire à la quille et passant également par le centre du compas.

Lorsque l'action perturbatrice permanente du navire sur les boussoles a été ainsi compensée au moyen de barreaux aimantés, celles-ci ne sont plus affectées que d'erreurs comparativement petites. M. Airy n'a pas trouvé plus de 5° ; quant à nous, nous avons trouvé jusqu'à 8° et 9° ; mais quand on pense que sur certains bâtiments en fer le maximum de la déviation du compas s'élevait jusqu'à 60° à l'E. et autant à l'O. ; en tout, 120° d'erreur, on ne peut que s'applaudir d'un pareil résultat.

Il est possible, sinon de faire disparaître complétement, du moins d'atténuer cette erreur dont sont encore affectés les compas après l'application des barreaux aimantés. D'après les formules de M. Airy, confirmées par l'expérience, le maximum de cette erreur a lieu lorsque le cap est à peu près à 45° du méridien magnétique. On dirige l'axe du navire suivant une de ces directions, et au moyen d'une masse de fer placée à la hauteur de la rose, sur le côté ou sur l'avant du compas, selon le signe de la déviation, on fait pointer exactement la boussole, et elle se trouve corrigée par toutes les directions du cap.

Sur les premiers bâtiments en fer dont nous avons été chargé d'installer les compas, nous ne sommes pas arrivé à des résultats aussi avantageux; il était toujours resté sur les indications de ces instruments un maximum d'erreur de 4° à 5° qu'il m'avait été impossible de faire disparaître; mais au moyen de quelques petites modifications aux procédés indiqués par M. Airy, nous avons atteint une précision de 1° à 1° ½.

Après ce résumé des travaux généraux, qui ont été faits pour expliquer les causes de la force perturbatrice à l'influence de laquelle sont soumises les boussoles à bord des navires, et pour garantir celles-ci de cette influence, je vais passer à l'exposé et à la discussion des observations que j'ai été chargé de faire par M. le ministre de la marine, tant à bord des bâtiments en bois que de ceux dans la construction desquels il n'entre que du fer.

1° *Navires en bois.*

Vers le milieu de 1845, à peu près à l'époque où se perdit le *Sphinx*, sur la côte d'Afrique, dans un rapport adressé à M. le vice-amiral Halgan, directeur général du Dépôt de la marine, sur l'installation des compas des bâtiments en fer l'*Eridan* et le *Narval*, je lui avais rendu compte de quelques observations que j'avais faites à bord du vapeur en bois le *Brasier* pour examiner l'effet de l'attraction locale sur son compas.

Ces observations m'avaient fait connaître que le compas de route de ce bâtiment était pour les différents caps affecté d'erreurs dont le maximum s'élevait à 11°, et qu'en supposant que le *Brasier*, se rendant de Delhys à Alger, eût suivi la même route que le *Sphinx*, route qui devait le faire passer à 4 ou 5 milles du cap Matifoux, il serait venu infailliblement se jeter sur ce cap à peu près au même point que le *Sphinx*.

Ce fut à cette occasion que M. le ministre de la marine me chargea de faire à Toulon des observations sur plusieurs bâtiments à vapeur, afin de lui faire connaître si les erreurs dont sont affectés les compas à bord de ces navires étaient, en général, de nature à compromettre leur sûreté, et quels seraient dans le cas de l'affirmative les moyens à employer pour se préserver de l'effet de ces erreurs.

ERR. DU COMPAS   2

Les observations que j'avais faites jusqu'alors étaient en trop petit nombre pour pouvoir en tirer une conclusion générale à ce sujet; car, si d'un côté les résultats obtenus sur le *Brasier* pouvaient faire craindre que l'attraction locale sur les boussoles fût susceptible de devenir une cause de dangers pour la navigation, d'un autre côté, la petitesse des déviations observées sur l'un des compas de route du *Descartes*, celui de tribord, faisait voir que ces craintes ne pouvaient être généralisées et que chaque bâtiment devait être l'objet d'une étude spéciale.

Le compas de route de bâbord du *Descartes*, placé tout à fait dans les mêmes conditions que celui de tribord, présentait des erreurs considérables ; mais d'après la loi que suit leur marche pour les différents caps du navire, il est facile de se convaincre que la majeure partie de ces erreurs est occasionnée par l'imperfection du compas et son peu de mobilité et non par l'influence d'une force perturbatrice.

Pendant six semaines qu'a duré mon séjour à Toulon, j'ai examiné les effets de l'attraction locale à bord de dix bâtiments à vapeur de toutes grandeurs ; j'ai, dans une traversée de Toulon à Alger et d'Alger à Toulon, à bord de la frégate l'*Albatros* de 450 chevaux, recherché si l'attraction locale, ou les déviations du compas de route étaient modifiées d'une manière sensible par la marche du bâtiment, et j'ai trouvé des différences si petites avec les résultats obtenus en rade, qu'on pouvait sans crainte les attribuer aux erreurs d'observations[1]. En outre, j'ai fait quelques expériences ayant pour but de déterminer l'action réciproque de deux boussoles l'une sur l'autre, et la distance à laquelle, pour les compas de route ordinaires, cette influence cesse d'avoir lieu ; enfin, j'ai cherché dans quelles limites on devait éviter de mettre, dans le voisinage des compas, des pièces de fer, telles que chevilles, boucles, chandeliers, etc.

Avant de tirer aucune conclusion de ces observations, je vais faire connaître leurs résultats. Aux tableaux des dévia-

---

[1] Des expériences analogues faites en 1847 sur l'aviso à vapeur en fer le *Faon*, appartenant à l'administration des postes, me conduisirent aux mêmes conclusions.

tions observées en 1846, à bord de divers bâtiments à vapeur, je joindrai celles que j'avais remarquées en 1845 sur le *Brasier* et sur le *Descartes*.

Les moyens employés pour déterminer les caps exacts du navire sans l'emploi des compas du bord, et par suite, pour déterminer les déviations des compas seront, ainsi que je l'ai dit déjà, décrits dans une autre partie de ce mémoire.

J'appelle *déviation* la quantité angulaire dont le pôle Nord de l'aiguille aimantée s'écarte du méridien magnétique par suite de l'attraction locale : cette déviation est précédée du signe + ou du signe — suivant que par l'effet de la force perturbatrice, l'aiguille est déviée à l'E. ou à l'O. du méridien magnétique. On voit, d'après cela, que pour en tenir compte dans les calculs de réductions de route et d'observations de déclinaison de l'aiguille aimantée, il suffira de regarder la déviation comme une variation ordinaire et de l'ajouter avec son signe à celle-ci supposée positive quand elle est orientale, et négative quand elle est occidentale.

Les tableaux suivants donnent les résultats des observations faites sur les différents navires à bord desquels j'ai eu l'occasion d'étudier les effets de l'attraction locale ; les deux premiers sont particuliers aux bâtiments à vapeur, le *Brasier*, le *Descartes* ; le troisième donne les déviations des compas de route de l'*Euphrate*, du *Magellan*, de l'*Albatros*, du *Castor*, du *Cacique*, du *Labrador*, du *Rubis* et du *Phare*. Enfin, les deux derniers donnent les déviations des compas de l'*Orénoque* et du *Météore*, également observées à Toulon en 1846, et celles des compas du *Caïman*, observées à Lorient en 1848.

TABLEAU

Tableau des déviations du compas de route du bâtiment à vapeur LE BRASIER, de 120 chevaux, observées à Toulon, en 1845.

CAPS.	DÉVIATIONS.	CAPS.	DÉVIATIONS.	CAPS.	DÉVIATIONS.	CAPS.	DÉVIATIONS.
NORD.	− 5°	OUEST.	− 8°	SUD.	0°	EST.	− 4°
N. 10°O.	− 4	S. 80°O.	− 6	S. 10°E.	− 3	S. 80°E.	+ 1
20	− 3	70	− 11	20	− 5	70	+ 2
30	− 6	60	− 9	30	− 3	60	0
40	− 5	50	− 5	40	− 3	50	− 3
50	− 7	40	− 6	50	− 6	40	− 4
60	− 6	30	− 4	60	− 7	30	− 5
70	− 7	20	− 4	70	− 10	20	− 4
80	− 7	10	− 3	80	− 10	10	− 4

Tableau des déviations du compas de route du DESCARTES, de 540 chevaux, observées à Toulon, en 1845.

| CAPS. | DÉVIATIONS. | | CAPS. | DÉVIATIONS. | | CAPS. | DÉVIATIONS. | | CAPS. | DÉVIATIONS. | |
	Compas de tribord.	Compas de bâbord.		Compas de tribord.	Compas de bâbord.		Compas de tribord.	Compas de bâbord.		Compas de tribord.	Compas de bâbord.
NORD.	0°	+ 5°30'	OUEST.	0°	+ 5° 0'	SUD.	0° 0'	+ 5°30'	EST.	− 1°	+ 1°
N. 15°O.	− 1	+ 5 0	S. 80°O.	+ 1	+ 7 0	S. 15°E.	+ 1 30	+ 9 30	S. 80°E.	+ 3	+ 6
30	0	+ 4 0	70	+ 2	+ 6 30	30	0 0	+ 4 0	70	»	»
45	− 1	+ 6 0	60	+ 1	+ 6 0	45	0 0	+ 5 30	60	+ 1	+ 4
60	− 1	+ 7 0	45	+ 1	+ 4 0	60	+ 1 0	+ 9 0	45	+ 2	+ 6
70	0	+ 5 0	30	+ 2	+ 7 0	70	1 0	+ 5 0	30	+ 2	+ 4
80	+ 1	+ 8 0	15	+ 2	+ 7 0	80	− 1 0	+ 4 0	15	+ 2	+ 4

Tableau des déviations des compas de route de l'ORÉNOQUE et du MÉTÉORE
observées à Toulon, en 1846.

CAPS.	ORÉNOQUE, de 450 chevaux.		MÉTÉORE, de 160 chevaux.		CAPS.	ORÉNOQUE, de 450 chevaux.		MÉTÉORE, de 160 chevaux.	
	Tribord.	Babord.	Tribord.	Babord.		Tribord.	Babord.	Tribord.	Babord.
N. 5°O.	+ 0°30′	+ 0°30′	+ 0°30′	+ 1°30′	S. 5°E.	− 5° 0′	− 5° 0′	+ 1°30′	+ 1°30′
15	+ 0 30	− 0 30	+ 0 30	+ 1 30	15	− 4 30	− 0 30	+ 1 30	+ 0 30
25	− 0 30	− 0 30	− 0 30	+ 3 30	25	− 3 30	+ 0 30	+ 2 30	+ 1 30
35	− 0 30	− 1 30	− 0 30	+ 0 50	35	− 3 30	+ 2 30	+ 2 15	+ 1 15
45	− 1 30	+ 0 30	− 1 30	+ 1 30		− 0 30	+ 2 30	+ 1 15	+ 0 30
55	− 2 30	− 4 0	− 2 30	+ 1 30	55	+ 0 30	+ 3 30	+ 2 30	+ 1 30
65	− 3 50	− 3 30	− 2 30	− 4 50	65	+ 0 30	+ 0 30	+ 3 30	+ 3 30
75	− 5 0	− 8 0	− 3 30	− 1 30	75	+ 2 30	+ 0 30	+ 2 30	− 0 30
85	− 4 30	− 7 30	− 1 30	+ 2 30	8	+ 2 30	+ 0 30	+ 1 30	+ 2 30
S. 85 O.	− 5 30	− 6 50	− 0 30	+ 2 30	N. 85 E.	+ 2 30	+ 0 30	+ 5 20	+ 4 20
75	− 4 30	− 6 30	− 1 30	+ 0 30	75	+ 2 30	+ 2 30	+ 5 30	+ 4 30
65	− 4 45	− 4 45	− 3 30	− 1 30	65	+ 3 30	+ 2 30	+ 5 30	+ 4 30
55	− 4 50	− 5 30	− 1 30	− 1 30	55	+ 3 30	+ 3 30	+ 4 30	+ 4 30
45	− 4 30	− 5 30	− 0 30	− 1 30	45	+ 3 30	+ 2 30	+ 4 30	+ 4 30
35	− 4 30	− 6 30	− 0 30	− 0 30	35	+ 2 30	+ 2 30	+ 1 30	+ 3 30
25	− 4 30	− 7 30	+ 0 30	+ 1 30	25	+ 2 30	+ 2 30	+ 1 30	+ 3 30
15	− 4 30	− 6 30	+ 0 30	+ 0 30	15	+ 3 30	+ 1 30	+ 0 30	+ 1 30
5	− 4 30	− 5 30	+ 1 30	+ 1 30	5	+ 1 30	+ 1 30	+ 0 30	+ 2 30

Tableau des déviations observées à Toulon, en 1846.

CAPS du navire	EUPHRATE de 160 ch. — tribord	EUPHRATE — bâbord	MAGELLAN de 450 ch. — tribord	MAGELLAN — bâbord	ALBATROS de 150 ch. — tribord	ALBATROS — bâbord	CASTOR de 120 ch. — tribord	CASTOR — bâbord
NORD.	− 2°30′	+ 2°30′	+ 1°30′	+ 0°30′	− 0°30′	− 2°30′	− 0°30′	− 0°30′
N. 10° O.	− 3 30	+ 1 30	0 0	− 1 0	− 0 30	− 2 30	− 1 30	+ 0 50
20	− 3 30	+ 1 30	− 0 30	− 1 30	− 1 0	− 3 30	− 2 0	− 1 30
30	− 6 30	− 2 30	0 0	− 0 30	− 2 30	− 3 30	− 1 0	+ 0 30
40	− 7 30	− 6 30	+ 0 30	+ 1 30	− 0 30	− 0 30	− 2 30	− 0 30
50	− 5 30	− 3 30	+ 0 30	+ 1 30	− 2 0	− 3 30	− 2 0	+ 1 0
60	− 4 0	− 3 0	+ 0 30	− 0 30	− 2 30	− 3 0	− 3 0	− 2 0
70	− 2 30	− 1 30	+ 4 0	+ 1 30	− 2 30	− 3 0	− 3 30	− 2 30
80	− 2 30	− 1 30	− 0 30	+ 1 30	− 4 0	− 3 0	− 6 0	− 6 0
OUEST.	− 2 30	− 2 30	+ 1 0	+ 2 0	− 4 30	− 3 0	− 5 0	− 6 0
S. 80° O.	− 2 30	− 1 30	+ 5 0	+ 8 50	− 2 30	− 1 30	− 2 30	− 3 0
70	− 1 30	− 2 30	+ 0 50	+ 2 0	− 5 0	− 5 0	+ 0 30	− 5 0
60	− 1 30	− 1 30	+ 2 30	+ 5 0	− 3 30	− 3 0	0 0	− 3 0
50	− 0 30	− 1 30	+ 1 30	+ 2 30	− 3 0	− 4 0	− 3 0	− 2 0
40	− 0 30	− 1 30	0 0	− 0 30	− 2 30	− 1 30	+ 0 30	− 2 30
30	− 0 30	− 1 30	+ 1 30	+ 4 30	− 2 0	− 2 30	+ 0 30	+ 0 30
20	− 0 30	− 1 30	+ 1 30	+ 5 0	− 3 0	− 5 0	0 0	− 1 30
10	− 1 30	− 1 30	0 0	+ 3 30	− 2 30	− 2 30	+ 2 0	+ 0 30
SUD.	− 0 30	− 0 30	+ 0 30	+ 3 30	− 2 0	− 1 30	+ 2 30	+ 2 30
S. 10° E.	− 1 30	− 0 30	+ 1 30	+ 2 30	0 0	− 1 0	+ 3 30	+ 5 30
20	− 1 30	− 1 30	+ 2 0	+ 5 0	0 0	− 1 0	+ 4 30	+ 5 30
30	− 1 30	− 1 30	+ 2 0	+ 5 30	− 1 0	− 1 0	+ 4 30	+ 5 30
40	− 0 30	− 0 30	+ 2 0	+ 5 30	− 2 0	0 0	+ 5 30	+ 5 30
50	− 0 30	+ 0 50	+ 5 0	+ 5 0	− 1 30	− 1 0	+ 7 0	+ 7 0
60	− 0 30	+ 1 30	+ 2 0	+ 2 0	− 0 30	0 0	+ 5 30	+ 5 30
70	+ 0 30	+ 1 30	+ 0 30	+ 1 0	− 0 30	0 0	+ 6 30	+ 6 30
80	+ 0 30	− 0 30	+ 5 0	+ 3 30	− 0 30	2 0	+ 6 0	+ 6 0
EST.	+ 1 30	+ 3 30	− 2 30	0 0	0 0	− 1 30	+ 5 30	+ 5 30
N. 80° E.	+ 1 30	+ 2 30	+ 3 30	+ 2 30	+ 1 30	− 1 30	+ 4 30	+ 5 0
70	+ 1 30	+ 3 30	+ 1 0	+ 1 30	+ 1 30	− 2 30	+ 5 30	+ 4 30
60	+ 0 30	+ 4 30	+ 2 0	− 1 30	+ 1 30	− 2 0	+ 4 30	+ 4 30
50	+ 0 50	+ 4 30	− 0 50	− 3 30	+ 1 0	− 1 30	+ 3 30	+ 5 30
40	− 0 50	+ 4 30	+ 1 30	− 0 30	+ 0 30	− 2 0	+ 5 30	+ 2 30
30	− 0 30	+ 4 30	+ 1 30	− 0 30	+ 0 30	0 0	+ 1 50	+ 3 30
20	− 0 30	+ 4 30	− 0 50	+ 0 30	− 0 30	− 2 0	+ 1 30	+ 2 30
10	0 0	+ 3 0	+ 0 30	− 1 30	0 0	+ 1 0	+ 1 0	− 1 0

sur les boussoles de divers bâtiments à vapeur.

CAPS du navire	CAÏQUE de 80 ch. — tribord	CAÏQUE — bâbord	LABRADOR de 450 ch. 1re série — tribord	LABRADOR 1re série — bâbord	LABRADOR de 450 ch. 2e série — tribord	LABRADOR 2e série — bâbord	RUBIS de 80 ch. — route	PHARE de 160 ch. — tribord	PHARE — bâbord
NORD.	− 1 0	− 3 0	+ 1 30	− 1 30	+ 3 0	+ 0 30	0 0	− 0 30	+ 4 0
N. 10° O.	− 0 30	− 1 30	+ 0 30	− 3 30	+ 2 30	+ 0 15	0 0	− 2 0	0 0
20	− 2 0	− 3 0	− 1 0	− 6 0	+ 1 30	0 0	0 0	− 1 0	0 0
30	− 2 30	− 3 30	− 1 0	− 1 0	0 0	− 1 30	− 0 30	− 1 30	− 0 30
40	− 2 0	− 3 0	− 2 0	0 0	− 1 0	− 2 0	− 1 15	− 0 30	− 0 33
50	− 4 0	− 2 0	− 3 0	− 4 0	− 1 0	2 0	0 0	− 2 0	+ 1 30
60	− 1 30	− 0 30	− 4 0	− 3 0	− 1 30	− 1 30	+ 0 50	+ 4 50	+ 1 0
70	− 3 0	− 3 30	− 5 0	− 3 0	− 2 30	− 2 30	+ 0 50	− 2 0	+ 0 50
80	− 6 30	− 4 30	− 8 0	− 8 0	− 3 0	− 5 30	+ 0 50	− 2 30	− 1 0
OUEST.	− 4 30	− 5 30	− 3 0	− 3 0	− 5 30	− 3 30	0 0	− 3 30	− 3 0
S. 80° O.	− 6 0	− 4 30	− 7 0	− 3 0	− 5 0	− 5 0	− 1 0	− 5 0	− 2 30
70	− 6 30	− 4 0	− 6 0	− 2 0	− 5 30	− 5 15	+ 0 30	− 5 30	− 2 30
60	− 5 0	− 5 0	− 3 0	− 2 0	− 5 30	− 5 30	+ 2 0	− 5 0	− 4 0
50	− 4 15	− 5 15	− 4 0	− 1 0	− 4 0	− 5 0	+ 0 45	− 1 0	− 5 0
40	− 3 30	− 3 45	− 4 0	− 2 0	− 4 0	− 6 30	+ 1 30	− 1 30	− 2 0
30	− 2 30	− 1 30	− 5 0	− 2 0	− 1 30	− 1 0	+ 2 30	− 0 30	− 1 30
20	− 4 30	− 5 0	− 8 0	− 8 0	− 4 30	− 1 30	+ 2 30	0 0	− 2 0
10	− 5 0	− 2 0	− 2 0	− 1 0	− 6 0	− 5 0	0 0	+ 1 0	− 1 0
SUD.	− 2 30	− 0 30	− 2 0	− 1 0	− 6 0	− 3 15	+ 1 50	0 0	− 1 0
S. 10° E.	− 1 30	− 0 30	− 3 0	0 0	− 4 50	− 5 0	0 5	− 1 40	− 1 50
20	− 2 0	− 1 15	− 1 0	0 0	− 4 0	− 5 0	+ 2 0	− 2 40	− 0 50
30	− 1 30	+ 1 30	− 3 0	+ 1 0	− 2 0	0 0	+ 2 50	− 3 0	0 0
40	− 2 0	+ 5 0	− 3 0	+ 2 0	0 0	− 1 30	+ 3 0	− 3 0	+ 0 50
50	− 2 0	+ 1 0	+ 3 0	+ 8 0	+ 1 0	+ 1 0	− 0 51	+ 6 0	+ 2 0
60	+ 1 50	+ 2 30	+ 5 0	+ 6 0	+ 2 30	+ 4 0	− 2 0	+ 5 0	+ 2 0
70	+ 5 15	+ 2 0	− 3 0	+ 2 0	+ 3 0	+ 4 0	+ 2 0	+ 5 30	+ 1 40
80	+ 5 45	+ 2 45	+ 3 0	+ 6 0	+ 2 0	− 3 15	+ 1 0	+ 4 30	+ 4 30
EST.	+ 6 0	+ 3 45	+ 1 30	+ 1 30	+ 2 15	− 2 0	+ 5 0	+ 1 30	− 2 0
N. 80° E.	+ 4 45	+ 5 0	+ 5 0	− 5 0			+ 1 30	+ 3 0	+ 5 0
70	+ 5 0	+ 5 30	− 5 0	− 8 0	+ 5 0	− 0 30	+ 2 0	+ 2 0	+ 2 30
60	− 3 30	+ 1 30	− 2 0	− 5 0	+ 3 0	− 4 15	+ 2 0	+ 0 30	− 1 30
50	+ 0 50	− 2 30	+ 5 0	0 0	+ 6 30	− 2 30	+ 5 30	− 0 30	− 1 30
40	0 30	+ 1 15	+ 2 30	− 0 30	+ 5 30	− 2 30	+ 2 0	+ 0 30	+ 2 30
30	+ 1 30	+ 1 30	+ 4 30	+ 0 30	+ 3 30	+ 4 15	− 3 0	− 2 0	+ 1 30
20	− 0 30	− 2 0	0 0	− 6 0	+ 4 6	+ 2 30	+ 0 30	− 1 50	0 30
10	− 1 30	− 2 30	− 2 0	− 1 0	+ 4 30	− 0 30	0 0	− 6 50	+ 5 30

Tableau des déviations des compas de la corvette à vapeur LE CAÏMAN, *observées à Lorient en octobre 1848.*

CAPS du navire.	DÉVIATIONS.			CAPS du navire.	DÉVIATIONS.		
	Compas de tribord.	Compas de bâbord.	Compas de relève-ment.		Compas de tribord.	Compas de bâbord.	Compas de relève-ment.
NORD.	− 2° 45′	− 4° 15′	+ 0° 15′	SUD.	+ 3° 30′	+ 2° 15′	+ 0° 45′
N. 10° O.	− 3 30	− 4 0	+ 0 15	S. 10° E.	+ 1 45	+ 2 0	0 0
20	− 3 30	− 3 45	− 0 45	20	+ 1 15	+ 1 15	− 0 15
30	− 3 45	− 3 30	− 2 30	30	+ 0 45	+ 0 30	+ 1 15
40	− 3 15	− 3 30	− 2 45	40	+ 0 30	− 0 15	0 0
50	− 2 0	− 1 30	− 2 30	50	+ 0 15	+ 0 30	+ 1 15
60	− 1 15	− 0 30	− 1 15	60	− 0 15	− 0 45	+ 1 30
70	0 0	+ 0 15	− 2 45	70	0 0	+ 1 15	+ 3 15
80	+ 0 45	+ 0 15	− 2 0	80	+ 0 15	+ 0 45	+ 4 0
OUEST.	+ 1 45	+ 1 30	− 2 30	EST.	− 0 30	− 1 30	+ 5 0
S. 80 O.	+ 2 15	+ 2 15	− 3 0	N. 80 E.	− 0 45	− 3 45	+ 6 0
70	+ 2 45	+ 2 0	− 2 45	70	− 0 15	− 4 15	+ 5 30
60	+ 3 15	+ 3 30	− 1 45	60	− 1 45	− 3 30	+ 3 0
50	+ 3 45	+ 3 15	− 1 30	50	− 1 30	− 2 15	+ 4 30
40	+ 4 30	+ 3 30	− 0 30	40	− 1 45	− 4 0	+ 3 45
30	+ 4 45	+ 4 15	0 0	30	− 2 0	− 4 15	+ 3 30
20	+ 4 0	+ 3 0	− 0 15	20	− 2 45	− 5 0	+ 2 30
10	+ 3 30	+ 3 15	+ 0 15	10	− 2 30	− 4 30	+ 1 30

Nous voyons dans ces tableaux la vérification du fait énoncé plus haut et qui est presque général sur les navires en bois, que par l'effet de la force perturbatrice agissant à bord, le pôle Nord de la boussole placée à l'arrière est attiré vers l'avant du navire : pour les caps du N. au S., passant par l'O., la déviation est généralement Ouest ; les routes suivies avec le compas de route seraient plus Sud que celui-ci ne semblait l'indiquer.

Du N. au S., passant par l'E., la déviation est au contraire généralement Est, et là encore les routes suivies se rapprocheraient plus du S. que les routes accusées par le compas.

Une conséquence assez remarquable de cette action, c'est que dans notre hémisphère un bâtiment naviguant le long d'une côte courant E. et O. et située dans le S., se rapprochera de la côte par suite de l'erreur de ses compas, et semblera attiré par elle. Ne pourrait-on pas ainsi expliquer de vieilles croyances populaires sur la propriété que certaines côtes avaient d'attirer les navires?

Si la côte était située au N. du navire, elle semblerait au contraire repousser celui-ci. J'ai vérifié ce fait dans deux traversées, de Toulon à Alger et d'Alger à Toulon, sur la frégate à vapeur l'*Albatros*. L'estime, dans la première, a donné pour le chemin parcouru moins de milles que dans la seconde; or, pour aller de Toulon à Alger il faut faire de l'O., le navire s'est trouvé à bâbord de la route, il était en avant de l'estime; pour revenir, il faut faire de l'E., le navire tombait à tribord de la route, il était en arrière de l'estime.

Le dépouillement des journaux des bâtiments qui font le service de la correspondance sur la côte septentrionale d'Afrique donnerait probablement lieu à des remarques semblables.

On remarquera cependant que la direction dans laquelle la déviation est nulle n'est pas celle du méridien magnétique pour tous les bâtiments sur lesquels il a été fait des observations. La loi de Flinders se vérifie assez bien pour le *Phare*; mais pour les autres navires, la direction dans laquelle les compas ne subiraient aucune influence fait un angle plus ou moins grand avec le méridien magnétique. Pour le compas de relèvement du *Caïman*, la ligne de non-déviation est à peu près dans le méridien magnétique; pour les deux compas de route, elle est dans une direction presque perpendiculaire; ces anomalies tiennent à des causes locales qu'il est difficile de détruire sur un bâtiment à vapeur, mais elles démontrent que c'est une erreur de croire que lorsqu'un navire a le cap au Nord ou au Sud, ses compas sont soustraits à l'attraction locale.

Le compas du *Brasier* et ceux du *Descartes* présentent de grandes irrégularités que je n'hésite pas à attribuer à l'imperfection de ces instruments et à la manière dont les observations ont été faites. En effet, sur ces deux bâtiments, après avoir placé la lunette du théodolite de manière à voir au travers le point éloigné de la rade, on fit prendre à l'axe du navire une direction connue, en se contentant d'observer l'indication du compas de route au moment précis où, en vertu de l'impulsion donnée au navire par le halage sur des amarres convenablement disposées, on apercevait dans la lunette, à la croisée des fils, le point éloigné : on avait soin, il est vrai, de suspendre le halage quelques instants avant que le point fût dans le champ de la lunette, afin de ralentir le mouvement du navire, mais, comme les compas étaient très-paresseux, les roses étaient toujours un peu entraînées dans ce mouvement, et elles n'avaient pas le temps de se replacer dans le méridien magnétique.

Pour remédier à cet inconvénient, on a eu soin, dans les observations de 1846, de faire revenir le navire sur l'autre bord après une première lecture, afin de compenser l'erreur occasionnée par l'inertie de la rose. En faisant ainsi plusieurs observations pour une même direction de l'axe du navire, avec la même précaution et en prenant la moyenne, on a dû se croire à l'abri des erreurs occasionnées par l'imperfection des compas. Cependant il n'en est pas ainsi, et la marche irrégulière que suivent les déviations dans les tableaux ci-dessus, semble faire voir que la précision de ces instruments laissait fort à désirer. Les observations faites à bord du *Labrador* offrent une preuve sans réplique du fait que j'avance.

Dans une première série d'observations faites le 26 août, les déviations de la boussole suivaient une marche tellement irrégulière qu'il était impossible d'y reconnaître les effets ordinaires de l'action locale. Pour un changement de 10° seulement dans la direction du cap, on avait jusqu'à 6° de différence dans les déviations.

Chacun des nombres portés aux tableaux est, comme nous l'avons dit, la moyenne entre plusieurs lectures du compas, correspondant à un même cap. Ces lectures différaient fréquemment de 8 à 10°, malgré la précaution que l'on avait de secouer l'habitacle pour détruire l'inertie de la rose.

Le 8 septembre, je répétai les observations à bord du *Labrador*, en employant dans l'habitacle de tribord une rose fabriquée à Paris par M. Billant, et dont l'aiguille était douée d'une grande énergie magnétique. Le cap du navire fut présenté successivement dans les mêmes directions que lors des observations du 26 août, et les déviations de la boussole furent déterminées, comme précédemment, pour les deux compas de route. Les lectures du compas de tribord faites en un même cap, pendant que le navire conservait encore un peu d'air en vertu de l'impulsion qui lui était donnée, ne différaient que de 1 à 2° au plus, tandis que les lectures correspondantes du compas de bâbord différaient quelquefois, comme aux observations du 26 août, d'une dizaine de degrés, et encore, pour obtenir ce résultat avec le compas de tribord, n'était-on pas obligé de secouer l'habitacle, ainsi qu'on le faisait pour celui de bâbord.

En jetant les yeux sur le tableau, on est frappé de la régularité de la marche des déviations du compas de tribord du *Labrador*, tandis que celles du compas de bâbord sont à peu près aussi irrégulières que celles observées le 26 août.

J'ai regretté de ne pouvoir répéter avec cette rose les observations que j'avais déjà faites sur les autres navires à vapeur, mais elle ne m'avait été expédiée que fort tard à Toulon.

Quoi qu'il en soit, on voit, d'après les tableaux qui précèdent, que généralement les compas de route des bâtiments à vapeur en bois ne sont pas affectés, par l'action perturbatrice du fer qui existe à bord, d'erreurs plus grandes que 5 à 6 degrés [1]. Toutefois, avec un peu d'attention, ces erreurs ne peuvent avoir, pour la navigation, les résultats funestes que l'on a eu à déplorer dans ces derniers temps. On a bien signalé un bâtiment, le *Fulton*, sur lequel la déviation de la boussole s'élevait jusqu'à 30°, et l'on a parlé d'une pièce de canon, placée à l'arrière du navire, à l'influence de laquelle on attribuait cette erreur énorme; mais, d'après d'autres renseignements, il paraîtrait que le compas de route était très-rapproché des chaudières; et, comme l'action magnétique croît dans le rapport inverse du carré de la distance, on ne doit pas s'étonner que les parois verticales de la chaudière, soumises à la polarité magnétique par l'action du globe terrestre, eussent une influence si puissante sur l'aiguille aimantée.

---

[1]. Ceci est pour la latitude de Toulon, car les erreurs deviendraient beaucoup plus considérables, si les navires dont les compas en sont affectés s'avançaient dans le N.; elles diminueraient au contraire s'ils allaient dans le S., pourvu que le navire ne passât pas dans l'autre hémisphère.

Mais on eût certainement trouvé pour les compas de route une position dans laquelle l'influence perturbatrice ne se fût pas fait sentir d'une manière aussi efficace.

Généralement, sur les bâtiments de l'Etat, on ne donne pas aux compas de route la position qui conviendrait le mieux à l'exactitude de leurs indications, mais celle qui est le mieux appropriée aux besoins du service et de la manœuvre. De là ressort évidemment la nécessité d'avoir dans le lieu le plus favorable une boussole qui, n'étant plus affectée que d'erreurs comparativement petites, puisse servir à contrôler les indications des compas de route et des compas de relèvement.

Toutefois on pourrait, je pense, diminuer encore les erreurs dont sont affectés les compas de route, en ayant soin de proscrire le fer dans un rayon de deux mètres des compas, s'il s'agit de petites pièces, en renonçant aux montants de tente en fer et en employant le cuivre pour faire les garde-corps de dunette.

J'ai cherché à Toulon quel pouvait être l'effet d'un montant de fer de 2^m 10 de long, placé verticalement dans le voisinage d'un compas. J'ai trouvé qu'à 1^m 50 du compas la déviation maximum était de 1° 30'; à 3^m 60 qui est la demi-largeur, au mât d'artimon, d'un bâtiment à vapeur de 160 chevaux, les déviations n'étaient plus que de quelques minutes; mais il faut penser que cette faible action se trouve répétée plusieurs fois, car il n'est pas possible de disposer toutes les pièces de fer placées à l'arrière d'un bâtiment, de manière à ce que leurs effets se détruisent. Il faut chercher à en diminuer le nombre et à ne garder que celles qui sont absolument nécessaires.

Il est bien rare que les deux compas de route d'un navire s'accordent entre eux; on pense généralement que ce défaut d'accord est dû à l'action réciproque des deux aiguilles, et l'on ne s'en occupe plus autrement. J'ai constaté par l'expérience, qu'à la distance où l'on met généralement les compas l'un de l'autre, à bord des navires de l'Etat, ils ne peuvent réagir l'un sur l'autre.

Cette distance est ordinairement de 1^m 20; et, d'après mes expériences, ce n'est qu'à 70 ou 80 centimètres l'un de l'autre que deux compas ayant des aiguilles de 250 millimètres de longueur, ont commencé à avoir de l'action l'un de l'autre, et encore la déviation qui en résultait n'était-elle que de quelques minutes et pouvait-elle même être attribuée aux erreurs d'observations.

Il faut conclure de là que les différences qu'on remarque entre les indications des deux compas de route d'un même navire ne doivent être attribuées qu'à ce que les deux compas sont soumis à des actions locales différentes, ou à ce que l'un d'eux est sous l'influence d'une semblable force perturbatrice, tandis que l'autre en est exempt, ou enfin à l'imperfection de leur construction.

Cette dernière cause n'est pas une des moins importantes. Il est un fait bien connu de toutes les personnes qui ont navigué sur des bâtiments à vapeur et qui ont suivi les compas avec quelque attention, que le mouvement de trépidation dont sont animés ces navires, lorsqu'ils sont en marche, loin de surmonter l'inertie des compas et de maintenir les aiguilles des roses dans le méridien magnétique, semble au contraire les engourdir, et même leur faire suivre les mouvements du bâtiment, en sorte qu'ils n'indiquent pas les embardées fréquentes auxquelles celui-ci est sujet.

Je suis convaincu que par les temps calmes, il arrive bien souvent qu'un vapeur est à côté de sa route, sans que le compas en donne aucune indication. De jour, il y a toujours moyen de s'apercevoir de ces déviations, à l'inspection de la trace que laisse derrière le sillage du navire, trace qui se prolonge à une grande distance et dont on peut suivre toutes les sinuosités, mais de nuit, ou lorsqu'il y a de la brume, on n'a plus cette ressource ; il faudrait alors frapper le compas pour forcer l'aiguille aimantée à se replacer dans le méridien magnétique.

Le peu d'uniformité de la marche des déviations observées à bord des différents navires à vapeur cités plus haut, m'avait bien fait soupçonner que les compas de ces bâtiments laissaient à désirer, sous le rapport de la précision et de l'énergie magnétique, mais je m'en assurai d'une manière plus positive, en comparant l'intensité de leur force directrice à celle de la rose de Billant, employée pour les observations du 6 septembre, à bord du *Labrador* : c'est en mesurant l'écart occasionné par l'aiguille de chacun de ces compas, sur une boussole très-sensible, que j'ai pu établir cette comparaison.

Toutes avaient été placées dans des conditions identiques et ramenées à la même longueur, afin de rendre les observations comparables.

Le résultat de ces comparaisons a été tout à fait défavorable aux aiguilles fabriquées dans les ateliers des ports, ainsi qu'on peut le voir par le tableau suivant. Il ne m'a pas été possible de comparer ainsi les compas de tous les bâtiments sur lesquels j'avais fait des observations, parce que j'ai reçu trop tard la rose de Billant et que quelques-uns de ces bâtiments avaient quitté Toulon. Mais les comparaisons que j'ai pu faire, au nombre de vingt-quatre, ont démontré toutes que l'intensité magnétique des aiguilles des boussoles livrées aux bâtiments n'était pas suffisante.

Dans le tableau qui suit, la force de l'aiguille de Billant est prise pour unité.

NUMÉROS DES ROSES.	ORÉNOQUE.	MESSAGER.	CASTOR.	LABRADOR.	CACIQUE.	RUBIS.	PHARE.
1	0.696	0.512	0.833	0.667	1.022	0.361	0.778
2	0.690	0.501	0.595	0.569	0.990	0.572	0.715
3	0.868	»	»	0.752	0.476	0.581	0.576
4	0.651	»	»	0.498	0.279	»	»
5	0.572	»	»	»	»	»	»
6	0.668	»	»	»	»	»	»

Les aiguilles des roses n⁰ˢ 1 et 2 du *Cacique* offrent des résultats satisfaisants ; mais il n'est pas inutile de dire qu'elles n'étaient pas dans cet état lorsque j'ai fait les observations à bord de ce bâtiment ; ces aiguilles étaient tellement paresseuses, que je dis au commandant du *Cacique* qu'il pourrait y avoir danger à conserver de pareils compas ; ils furent envoyés à l'atelier des boussoles, où l'on trouva que les aiguilles n'étaient trempées qu'à leurs pointes ; les pivots l'étaient à peine, et leurs pointes avaient été faites à la lime. Les aiguilles furent trempées, réaimantées, et c'est dans cet état qu'elles furent soumises a l'épreuve dont le tableau ci-dessus donne le résultat. Les aiguilles n⁰ˢ 1 et 2 du *Phare* sortaient aussi de l'atelier des boussoles.

J'avais déjà eu l'occasion de remarquer combien les aiguilles de boussole fabriquées dans les ports étaient défectueuses. Trempe insuffisante des aiguilles, aimantation trop faible, emploi de verre au lieu d'agate pour former les chapes, telles sont les principales causes d'imperfection que j'avais signalées à M. le vice-amiral Halgan, dans les différents rapports que je lui avais adressés.

Un autre inconvénient, que j'avais eu déjà l'occasion de signaler, était l'absence d'un modèle uniforme pour les compas. Chaque port avait son système, sa forme d'aiguille, sa grandeur de rose ; il résultait qu'une rose fabriquée dans un port ne pouvait pas s'ajuster à une cuvette de compas ou à un habitacle confectionnés dans un autre port [1].

Ce peu d'exemples, entre beaucoup d'autres, suffisaient pour justifier l'adoption de modèles uniformes dans les compas.

BATIMENTS EN FER.

Un fait remarquable, c'est la diversité de manières dont la force perturbatrice se comporte sur les navires en fer. Sur quelques-uns de ceux que j'ai examinés, elle était assez puissante pour produire sur la boussole des déviations de près de 60°, tandis que sur d'autres le maximum de déviation occasionné par elle s'élevait seulement à 13° ou 14°. Tantôt la force perturbatrice tendant à déranger le pôle Nord de l'aiguille aimantée agissait vers l'avant du navire, tantôt vers l'arrière, quelquefois dans le sens transversal ; en un mot, la résultante de toutes les actions perturbatrices partielles du navire varie en force et en direction avec chaque bâtiment.

C'est ce qui ressort clairement du tableau suivant, dans lequel sont notés les caps pour lesquels la déviation est nulle, ainsi que les *maxima* de déviation et les caps réels dans lesquels ont été observés ces *maxima*.

Dans ce tableau, comme dans ceux qui précèdent, le signe + indique que le pôle Nord de l'aiguille aimantée est dévié à l'E. du méridien magnétique, et le signe — qu'il est dévié à l'O.

---

[1] La centralisation à Paris de la fabrication des compas et autres instruments a fait disparaître ces inconvénients, ainsi que d'autres qu'il est inutile de signaler ici.

Tableau indiquant les caps pour lesquels la déviation est nulle, et ceux pour lesquels elle atteint la valeur maximum à bord de divers navires en fer.

LIEUX des OBSERVATIONS.	NOMS DES NAVIRES.	DÉVIATIONS NULLES. Caps du navire.	DÉVIATIONS ORIENTALES maxima. Caps du navire.	Valeur de la déviation.	DÉVIATIONS OCCIDENTALES maxima. Caps du navire.	Valeur de la déviation.
Lorient....	L'Éridan, compas de route..	N. 10° O. — S. 22° E.	S. 77° O.	+ 58°13	N. 83° E.	— 55°23
Toulon....	Le Narval, compas de route.	N. 74 O. — S. 02 E.	S. 65 O.	+ 14 34	N. 26 E.	— 14 15
Brest.....	L'Australie...... en 1845. {tribord...	N. 28 O. — S. 81 E.	N. 79 E.	+ 49 0	S. 15 E.	— 41 0
	{babord...	N. 28 O. — S. 53 E.	N. 79 E.	+ 52 0	S. 10 E.	— 40 0
Brest.....	Le Passe-partout, c. de route.	N. 73 O. — S. 79 E.	S. 33 O.	+ 15 6	N. 26 O.	— 11 48
Cherbourg.	Le Chaptal...... {tribord...	Nord. — S. 19 E.	Est.	+ 31 30	S. 85 O.	— 28 0
	{babord...	N. 16 O. — S. 40 E.	S. 80 E.	+ 40 30	S. 63 O.	— 26 50
Brest.....	Le Solon, à 1 mètre du pont.... {tribord...	N. 20 E. — S. 25 O.	S. 27 E.	+ 27 45	Ouest.	— 36 0
	{babord...	N. 19 E. — S. 36 O.	S. 45 E.	+ 31 0	S. 80 O.	— 40 0
	Le Solon, à 0m 50 du pont.... {tribord...	N. 27 E. — S. 33 O.	Sud.	+ 31 0	S. 76 O.	— 52 30
	{babord...	N. 24 E. — S. 33 O.	S. 11 E.	+ 41 0	S. 76 O.	— 57 30
Indret....	L'Anacréon, {comp. de route.	N. 55 E. — S. 50 O.	S. 20 E.	+ 22 0	N. 60 O.	— 21 30
	{id. de relèvem.	N. 50 E. — S. 58 O.	S. 43 E.	+ 12 30	N. 60 O.	— 18 30
Cherbourg.	Le Comte-d'Eu, aujourd'hui Reine-Hortense. {tribord...	N. 36 O. — S. 13 E.	S. 75 O.	+ 18 0	N. 69 E.	— 18 50
	{babord...	N. 68 E. — S. 58 O.	N. 10 O.	+ 37 40	S. 70 E.	— 54 0
Le Havre.	Le Faon, {compas de route..	N. 64 E. — S. 40 O.	N. 10 E.	+ 17 50	S. 46 E.	— 21 45
	{comp. de relèvem.	N. 45 O. — S. 79 E.	N. 35 E.	+ 9 30	S. 10 E.	— 11 45
Lorient....	Le Dauphin, compas de tribord	N. 24 O. — S. 42 E.	N. 80 E.	+ 29 0	S. 35 O.	— 24 0
Toulon....	Le Caton, compas de route.	N. 31 O. — S. 48 O.	N. 70 E.	+ 31 0	S. 11 O.	— 25 0
Toulon....	La Salamandre, compas de r.	N. 24 O. — S. 32 E.	N. 72 E.	+ 28 0	S. 40 O.	— 16 30
Lorient....	L'Éclaireur, comp. de relèv.	N. 36 E. — S. 56 O.	N. 39 E.	+ 14 0	N. 45 O.	— 18 0
Lorient....	Le Pétrel, compas de tribord.	N. 39 E. — S. 26 O.	N. 50 E.	+ 29 0	S. 87 E.	— 34 15
Lorient....	L'Averne, compas de route,	N. 77 E. — S. 84 O.	S. 15 O.	+ 15 45	N. 60 O.	— 19 30
Lorient....	L'Australie, en 1848. {compas de trib.	N. 55 O. — S. 41 E.	Est.	+ 45 45	S. 01 O.	— 38 8
	{compas de bab.	N. 41 O. — S. 44 E.	N. 77 E.	+ 40 45	S. 01 O.	— 31 0
Cherbourg.	Le Newton, {compas de tribord	N. 11 E. — S. 09 O.	N. 88 O.	+ 21 30	S. 81 E.	— 24 0
	{compas de babord	N. 09 O. — S. 03 O.	N. 88 O.	+ 21 30	S. 81 E.	— 21 45

L'action perturbatrice, outre les déviations qu'elle produit dans la direction de l'aiguille de la boussole, a encore pour effet de diminuer, dans certaines directions du navire, la force directrice de celle-ci : les barreaux aimantés, les masses de fer doux, employés pour compenser cette action perturbatrice, ont également une tendance à diminuer la force directrice ; il résulte de là que dans certains caps le compas est excessivement paresseux, et se laisse entraîner par les mouvements du navire, sans obéir à la résultante des forces qui devraient le maintenir dans le méridien magnétique.

On voit d'après cela qu'il est de toute nécessité de n'employer sur les navires en fer que des compas d'une très-grande précision.

Ainsi que je l'ai dit plus haut, il m'avait été impossible, dans l'origine, d'arriver à une correction parfaite des compas ; il était toujours resté sur certains caps des erreurs de 4° à 5° au plus : malgré toutes mes tentatives pour faire disparaître ou seulement diminuer ces erreurs, je n'ai pu parvenir qu'à les déplacer. J'attribuai cette difficulté au voisinage trop immédiat du fer, et à ce que les barrots placés directement au-dessous des compas étaient en fer.

Sur les observations faites par diverses commissions chargées de suivre les épreuves de quelques bâtiments en fer, observations qui venaient à l'appui de celles que j'avais déjà faites, il fut décidé par le Conseil des travaux que, sur les navires en fer, les barrots avoisinant la place des compas seraient en bois.

Un autre inconvénient qui résulte du voisinage trop immédiat de grandes pièces de fer, c'est que, dans ce cas, la composante verticale de la force perturbatrice se trouve acquérir une plus grande valeur ; il s'ensuit que, lorsque le navire donne à la bande, une partie de cette composante vient agir horizontalement et tend encore à dévier l'aiguille de la boussole ; or, comme la rectification n'a pu être faite que pour le cas où le navire est droit, il en résulte, dans les indications du compas, des erreurs qui peuvent s'élever à 5° et 6°, ainsi que je l'ai remarqué sur l'*Australie* pour une inclinaison du navire de 7°.

ERR. DES COMP.

3

D'après ce principe que l'action magnétique décroît comme le carré de la distance, il était naturel de penser qu'un compas, placé à une certaine élévation au-dessus du pont d'un navire en fer, serait susceptible de n'être pas affecté par la force perturbatrice ou du moins de n'avoir que des déviations comparativement petites ; c'est ce que j'ai observé d'abord sur le *Narval*, où un compas, attaché au mât de misaine, à 8 mètres au-dessus du pont, n'avait pas de déviations plus fortes que 2° $^1/_2$; il est vrai que la force perturbatrice n'était pas forte sur ce bâtiment, puisqu'elle n'occasionnait qu'une erreur maximum de 14° $^1/_2$ sur les indications du compas du pont.

Sur l'*Australie*, où l'erreur maximum du compas du pont était de 49°, un compas, fixé au mât de misaine, à une hauteur de 16 mètres, avait encore des déviations de plus de 8°.

Sur le *Chaptal*, où la déviation maximum du compas de tribord était de 31° $^1/_2$, celle du compas de bâbord de 40° $^1/_2$, un compas, placé au mât d'artimon, à 14^m 17 d'élévation, était encore affecté d'erreurs dont le maximum s'élevait à 5° $^1/_2$.

Sur le *Solon*, où les erreurs maximum des compas de tribord et de bâbord étaient respectivement de 52° $^1/_2$ et de 57° $^1/_2$, l'erreur maximum d'un compas, attaché au mât de misaine, à 11 mètres au-dessus du pont, était de 7°.

Enfin, sur l'*Anacréon*, où l'erreur maximum du compas de route était de 22°, un compas, placé au mât de misaine au-dessous du pont, n'avait que 2° d'erreur.

Quoique ces erreurs aient encore une certaine importance, comme il n'est pas probable qu'elles augmenteraient beaucoup, à moins que le navire n'allât dans les régions boréales, il me semble utile d'avoir un pareil compas à bord de chaque bâtiment en fer, afin de pouvoir s'assurer à la mer si les compas de route ne se trouvent pas affectés d'erreurs trop considérables.

Après ces détails sur les erreurs auxquelles sont sujets les compas, non-seulement à bord des bâtiments en fer, mais encore sur les navires en bois, nous indiquerons les moyens à employer pour déterminer ces erreurs et pour les corriger à bord des navires en fer.

INSTRUCTIONS

Sur les moyens de déterminer les erreurs des compas dues a la présence du fer a bord des navires et sur les procédés a employer pour corriger ces erreurs a bord des batiments en fer.

Le choix de l'emplacement que l'on donnera aux compas sur les navires n'est pas indifférent : ce serait une erreur de croire que parce que l'on doit corriger un compas des effets de l'influence locale, on peut sans inconvénients laisser des pièces de fer dans son voisinage immédiat; car il résulterait de cette disposition des perturbations qu'il serait impossible de compenser.

Lorsqu'un compas est placé dans des conditions favorables, même sur un bâtiment en fer, c'est-à-dire lorsqu'on a pris la précaution d'éloigner de lui toute masse de fer, si petite qu'elle soit, dans un rayon de $2^m 5$ à 3 mètres, on peut arriver à une précision de $1°$ à $1° \frac{1}{2}$ dans la correction de ses erreurs, quelque grandes qu'elles soient.

Mais s'il y a du fer à proximité du compas, malgré tous les soins que l'on apportera à la correction de ses perturbations, il restera encore des erreurs fort appréciables, qui, dans certains caps du navire, pourront s'élever à $6°$ et $7°$.

On n'a pas tenu assez compte de cette nécessité dans la construction des bâtiments en fer, et même des navires en bois. Il en résulte quelquefois pour ces derniers de très-fortes erreurs dans les indications de leurs compas, erreurs que l'on attribuait à la présence des machines ou de l'artillerie, et qui, dans le plus grand nombre de cas, sont uniquement dues au voisinage de petites pièces de fer, telles que chevilles, clous, boucles, doublage de cloisons, etc., etc.

La première chose à faire, avant de procéder à l'installation des compas sur un bâtiment, est donc de s'assurer qu'il n'y a pas de fer dans le voisinage de leur emplacement; que la barre du gouvernail en est assez éloignée, pour que ses mouvements soient sans influence sur l'aiguille aimantée ; que les chevilles qui fixent la roue du gouvernail au pont sont en cuivre ; que les illoires voisines sont également chevillées en cuivre ; que les grilles des claires-voies, les dômes des panneaux, ne sont pas en fer, ou en fer recouvert de cuivre, comme cela est arrivé sur quelques bâtiments construits par le commerce, enfin qu'il n'y a pas sous les compas des râteliers d'armes, des poêles, des cloisons garnies en fer blanc, etc.

Si l'on a soin de faire disparaître toutes ces causes de perturbation, on aura sur les bâtiments en bois des erreurs assez faibles ; et, sur les bâtiments en fer, quelque grandes que soient les déviations de leurs compas, elles seront régulières et pourront se corriger avec une grande précision.

Ajoutons que sur ces derniers il ne faudra pas des compas de trop grandes dimensions. Des roses de 20 centimètres de diamètre suffiront ; elles sont assez grandes pour que le timonier en distingue les divisions, et elles se prêtent, mieux que les plus grandes roses, à ce que leurs erreurs soient compensées correctement.

Enfin, et ceci est très-important, les erreurs ou déviations que l'on a trouvées, de même que les corrections qui ont été faites à l'aide de compensateurs, pour une position du compas, ne conviennent qu'à cette position. Si donc l'on changeait de place le compas, ou si seulement on l'élevait ou on l'abaissait, il faudrait refaire toutes les opérations pour cette nouvelle position ou cette nouvelle élévation au-dessus du pont.

Détermination des erreurs des compas.

Avant de procéder à la rectification des compas des navires en fer, il est bon de déterminer les erreurs de leurs indications. Sur les bâtiments en bois, où ces erreurs sont comparativement assez petites en général, il suffit d'avoir, pour tous les caps du navire, de 10° en 10°, par exemple, une table des déviations du compas, ce qui permet de rectifier les indications de celui-ci pour toutes les directions que peut prendre le bâtiment.

On peut employer plusieurs méthodes pour déterminer ce

erreurs, nous les ferons connaître toutes, parce que, suivant les circonstances, on pourra se servir de celle qui conviendra le mieux ; elles reposent d'ailleurs toutes sur la comparaison de deux relèvements d'un même point, pris avec le compas soumis à l'influence du navire et avec un compas soustrait à cette influence, ou bien encore sur la comparaison du cap du navire affecté de l'erreur locale, avec le cap dégagé de cette erreur, ainsi que nous l'indiquerons plus bas.

Lorsque du lieu où est mouillé le navire sur lequel on a à opérer, on verra un point remarquable, à une distance assez considérable pour que dans l'évitage du navire, le relèvement de ce point change d'une quantité moindre que 1°, on déterminera le relèvement astronomique de ce point par des observations faites à bord ; en appliquant à ce relèvement, dans le sens convenable, la variation observée à terre, on aura son relèvement magnétique.

On pourrait encore déterminer le relèvement magnétique en plaçant un compas à terre, dans l'alignement de l'avant du navire par le point éloigné, et prenant le relèvement de ce dernier. Ce second moyen est plus expéditif, parce qu'il n'est pas nécessaire d'observer la variation, et il donnera des résultats d'autant plus exacts que l'axe du navire sera plus près de se confondre avec la direction du point éloigné au moment où on l'a relevé de terre.

Nous avons dit que le point devait être suffisamment éloigné pour que, dans l'évitage du navire, le changement produit dans le relèvement fût inférieur à 1°.

Les compas étant généralement placés à l'arrière du navire, on peut admettre que pour un bâtiment de grandeur moyenne il y aura une centaine de mètres de distance au moins, entre es deux positions absolues du compas de relèvements, pour deux directions diamétralement opposées du navire. En supposant le point éloigné que nous appellerons A distant de 5 milles marins, le maximum de la différence des deux relèvements serait, abstraction faite de l'influence locale, de 40 minutes, et la différence avec le relèvement exact ne serait que de 20 minutes.

Avec un point de mire à cette distance de 5 milles, on peut

donc admettre que l'erreur d'observation due au changement de position du navire sera de $\frac{1}{2}$ degré au plus.

Le compas de relèvement qu'on emploiera devra porter une ligne de foi placée exactement dans l'axe du navire, de manière à ce qu'on puisse lire le cap qu'il indique : la pinnule servant à prendre les relèvements devra être mobile, comme dans les modèles actuellement en usage sur les bâtiments de la flotte, et le corps du compas fixe.

Le navire étant muni des amarres nécessaires pour lui faire prendre successivement toutes les directions autour d'un point fixe ou de son ancre, on roidira les amarres de manière à le tenir aussi immobile que possible, puis l'on prendra le relèvement du point A. La personne qui observera donnera un *top* à haute voix, afin que d'autres observateurs puissent lire et noter les caps indiqués par le compas de relèvements et par les compas de route.

La différence entre le relèvement observé et le relèvement *réel* du point A sera l'erreur du compas de relèvements pour le cap actuel ; on pourra donc en déduire le *cap-réel* qu'eût indiqué celui-ci, s'il n'était pas influencé par le fer du navire. La comparaison de ce cap *réel* avec celui indiqué par le compas de route fera connaître l'erreur de ce dernier pour la même direction.

Exemple. — Supposons que le relèvement réel du point A, déterminé préalablement, ainsi que nous l'avons dit plus haut, soit le.. N. 65° O.
le relèvement observé, le.............................. S. 87° O.
l'erreur du compas pour le cap actuel sera de..... 28° E.
c'est-à-dire que le N. magnétique sera dévié de 28° à l'E. de sa position normale, par l'effet des masses de fer du navire.

Si le cap indiqué alors par le compas de relèvements est le S. 25° E., pour avoir le cap réel (*magnétique*), il faudra appliquer à ce cap une correction N. E. de 28°, ce qui donnera pour le cap réel (*magnétique*) du navire, le S. 3° O.

Supposons qu'au même instant le compas de route marque S. 17° O., comme le cap réel du navire est le S. 3° O., on en conclura que le N. magnétique de ce compas est dévié de 14° vers l'O. de sa position normale.

On fera bien de donner plusieurs *tops* pour une même direction du cap, afin d'avoir une moyenne qui sera toujours plus exacte qu'une observation isolée.

Lorsqu'on aura noté ces diverses indications, on changera la direction de l'axe du navire au moyen des amarres, et on fera décrire à l'avant un arc de 10° ; en lisant ce parcours sur le compas lui-même, on s'exposerait à parcourir un arc plus grand ou plus petit que 10° ; mais si l'on a un compas du modèle actuellement adopté pour les bâtiments de la flotte, on évitera cet inconvénient. En effet, le bord du couvercle de ces compas est divisé en degrés ; si l'on a eu soin de noter, à la première observation, la division à laquelle correspondait le point de repère de l'alidade qui sert de base à la pinnule mobile, il suffira de placer cette alidade à 10° de cette position première, et l'on fera évoluer le navire jusqu'à ce qu'on aperçoive le point A à travers la pinnule. On notera, de même qu'à la première observation, le relèvement du point A et les caps indiqués par le compas de relèvement et le compas de route, et l'on en déduira comme précédemment les erreurs des deux compas et le cap réel du navire.

On continuera de même de 10° en 10° jusqu'à ce que l'on ait achevé le tour d'horizon.

Nous ferons remarquer que dans tout ce qui précède, les déviations mentionnées sont mesurées par rapport au méridien magnétique et non par rapport au méridien terrestre ; il faut donc bien se rendre compte de la différence qui existe entre la *variation* ordinaire ou *déclinaison* et ce que nous appelons la *déviation*.

La *variation* ou *déclinaison* est la quantité angulaire dont la pointe Nord de l'aiguille aimantée s'écarte du méridien terrestre par suite de l'action magnétique du globe.

La *déviation* est la quantité angulaire dont la pointe Nord de l'aiguille aimantée s'écarte du méridien magnétique par suite de l'influence des masses de fer qui sont à bord.

La *déclinaison* et la *déviation* s'ajoutent entre elles ou se retranchent l'une de l'autre suivant leurs sens, et la somme ou la différence forme une nouvelle quantité angulaire que nous appellerons *variation apparente*, et qu'il faudra, suivant son sens, ajouter au relèvement *observé* ou en retrancher pour avoir le relèvement *vrai*.

Reprenons l'exemple précédent :

Pour le cap au S. 3° O. *magnétique*, le compas de relèvements a une *déviation* de 28° E. ; supposons la *déclinaison* de 15° N. O., la *variation apparente* sera de 13° E., et le point A qu'on relève au S. 87° O. restera au N. 80° O. du *monde*.

Si la déclinaison était de 15° N. E., la *variation apparente* serait de 43° E. et le point A resterait au N. 50° O. *vrai*.

Dans l'exemple qui précède, nous avons supposé que les observations se faisaient à bord d'un bâtiment en fer ; sur un bâtiment en bois, la déviation serait bien moindre ; car il résulte d'observations faites sur un grand nombre de navires de cette espèce, qu'à moins de circonstances exceptionnelles le maximum de déviation ne dépasse généralement pas 6° à 7° dans nos latitudes.

Si le point A n'est pas à une distance suffisante pour que les erreurs dues à la position du navire deviennent insignifiantes, il faut dans la direction de celui-ci et du point A placer un signal, à moins qu'il n'existe déjà dans la même direction un alignement reconnaissable ; déterminer soigneusement par des observations faites à terre l'azimut magnétique de ce signal, et faire l'évolution de telle sorte que pour chaque position, l'observateur qui est au compas de relèvements voie toujours, dans la pinnule du compas, le point A et le signal l'un par l'autre. Cette condition rendra plus difficile et plus longue l'opération de la détermination des erreurs des compas, mais elle est indispensable pour que les observations soient exactes.

Si l'on est muni d'un compas de relèvements *nouveau modèle*, on pourra reconnaître immédiatement les erreurs du compas, pour chaque cap, sans qu'il soit nécessaire de recourir aux relèvements magnétiques du point A.

En effet, le couvercle du compas de relèvements est, ainsi que nous l'avons dit, divisé en degrés de 0° à 360°, marchant de droite à gauche, avec le zéro à l'arrière du navire.

Supposons, comme dans les exemples précédents, que le relèvement magnétique du point A soit le N. 65° O. ; si le point de repère de la pinnule était placé sur zéro, pendant qu'on vise le point A, le cap du navire serait précisément au N. 65° O. Si l'on met la pinnule sur 360° — 65° ou 295°, et qu'on fasse évoluer le navire jusqu'à ce qu'on aperçoive le point A à travers la pinnule, au moment où cela aura lieu, le cap sera au N.

Quand on apercevra le point A avec la pinnule placée sur 205°, le cap sera à l'O.; quand la pinnule sera sur 115°, le cap sera au S.; enfin quand la pinnule sera placée sur 25° et qu'elle sera dirigée sur le point A, le navire aura le cap à l'E.

On pourra donc à l'avance disposer un tableau dans lequel on mettra en regard : 1° la division du limbe supérieur sur lequel est arrêté le point de repère de la pinnule ; 2° le cap réel du navire correspondant ; 3° le cap observé.

La différence entre ces deux derniers nombres donnera l'erreur du compas pour le cap observé, ou la *déviation* dont il sera facile de déterminer le signe.

Avec la valeur que nous avons supposée au relèvement du point A, les divisions du limbe supérieur correspondant aux divers caps de 10° en 10° du N. vers l'E. seraient :

295°........	Nord	345°......	N. 50° E.
305°........	N. 10° E.	355°......	N. 60° E.
315°........	N. 20° E.	5°......	N. 70° E.
325°........	N. 38° E.	15°......	N. 80° E.
335°,.......	N. 40° E.	25°.	Est.

On déterminera aussi très-facilement les divisions correspondant aux caps entre l'E. et le S., entre le S. et l'O. et entre l'O. et le N.

On délivre aux bâtiments en fer de la flotte un compas désigné sous le nom de *compas rapporteur*, qui peut être substitué avantageusement au compas de relèvements ordinaire, dans les opérations que nous venons de décrire.

Cet instrument se compose d'un compas de relèvements ordinaire, au centre duquel on adapte une plaque circulaire pouvant tourner autour de ce centre et qui est divisée comme une rose de boussole. Sur le porte-verre du compas sont tracées deux lignes rectangulaires de telle sorte que lorsque le

compas est installé à son poste, l'une de ces lignes est parallèle
à l'axe du navire et l'autre perpendiculaire à cet axe. Autour
du centre du compas tourne également une pinnule susceptible d'être dirigée sur tous les points de l'horizon, en entraî-
nant avec elle le cercle divisé, ou bien en restant indépendant
de celui-ci.

On peut, à l'aide de cet instrument, diriger exactement le
cap du navire dans un air de vent donné, pourvu qu'on ait en
vue un point suffisamment éloigné, ou un astre dont l'azimut
magnétique soit connu. Pour cela, on oriente le cercle de manière à ce que la division correspondant au cap donné coïncide
avec la partie de la ligne parallèle à la quille, dirigée vers
l'avant du navire, et l'on fait tourner la pinnule jusqu'à ce que
l'index qu'elle porte soit arrivé à la division du plateau circulaire indiquant l'azimut magnétique du point éloigné ; on
arrête le plateau circulaire et la pinnule au moyen des vis desti-
nées à cet objet, puis on fait tourner le navire jusqu'à ce que
l'on voie le point éloigné à travers la pinnule. Dès que cela
aura lieu, on sera certain que l'axe du navire est bien dirigé
dans le rumb de vent désigné, et l'on aura le moyen de s'assurer immédiatement si, dans ce rumb de vent, le compas de
route ou tout autre donne des indications exactes.

On peut à défaut d'un compas *nouveau modèle* ou d'un *compas rapporteur* se servir d'un théodolite qu'on placera à bord,
de manière à ce que la ligne 0° et 180° soit parallèle à l'axe
du navire avec le zéro à l'arrière. Connaissant le relèvement
magnétique du point A, on en déduira facilement sur quelle
division on devra placer le zéro du vernier, pour qu'en visant
le point A avec la lunette, le cap du navire soit au N., et l'on
pourra dresser alors un tableau comme celui qui précède, et
l'on observera ainsi l'erreur du compas pour tel cap que l'on
voudra.

Si les divisions du théodolite marchent de gauche à droite,
au lieu d'aller de droite à gauche comme dans le compas de relèvements *nouveau modèle*, les divisions correspondant aux
divers caps seront, en supposant le même relèvement du
point A :

$$65° \quad \text{pour le N.}$$
$$155° \quad — \quad \text{O.}$$
$$245° \quad — \quad \text{S.}$$
$$335° \quad — \quad \text{E.}$$

et de 10° en 10° entre ces quatre nombres pour les caps intermédiaires.

Si du port ou de la rade, où l'on fait les observations, on aperçoit plusieurs points remplissant les conditions voulues pour servir de point de mire, il est bon de déterminer leur azimut magnétique et de dresser pour chacun d'eux un tableau comme ci-dessus, afin d'avoir toujours un point à relever dans le cas où celui sur lequel on avait pris les premiers relèvements viendrait à être masqué par la cheminée ou les tambours du navire.

Lorsque du port ou de la rade on n'aperçoit pas de point suffisamment éloigné et qu'il n'y a pas moyen d'établir un alignement comme celui dont nous avons parlé plus haut, il devient indispensable d'employer la méthode des relèvements réciproques que nous allons décrire.

On place à terre un observateur muni d'un bon compas de relèvements, et pour chaque position du navire, l'observateur de terre relève le milieu du compas de relèvements du bord, tandis que l'observateur du bord relève le milieu du compas qui est à terre : pour que les observations soient bien simultanées, on fait un signal à bord avec un pavillon, ou mieux avec la cloche du navire.

Le relèvement pris avec le compas de terre est exact, tandis que celui pris avec le compas du bord est affecté de l'erreur qui convient à la position actuelle du cap. Si donc on prend la différence entre le relèvement pris à bord et l'inverse du relèvement pris à terre, on aura la déviation du compas pour la direction qu'a alors le cap du navire et il n'y aura plus qu'à lui appliquer le signe qui lui convient.

Exemple : Supposons que le relèvement pris à terre sur le compas du bord soit le S. 65° E., et le relèvement pris à bord sur le compas de terre le S. 87° O.

Si le compas du bord n'était soumis à aucune perturbation,

le relèvement pris avec ce compas sur celui de terre serait le
N. 65° O.; la différence entre S. 87° O. et N. 65° O. qui est
de 28° est la déviation due à l'inflence du fer qui est à bord,
et cette déviation est Est, c'est-à-dire que le N. magnétique est
dévié de 28° à l'E. de sa position normale.

Les autres observations pour des caps de 10° en 10° se font
de la même manière et l'on s'assure que l'on a fait parcourir à
l'avant du navire un arc de 10°, à l'aide des divisions que
porte le couvercle du compas, de même que dans le cas précédent.

Il serait utile que, dans chacun de nos ports de guerre, il y
eût un coffre ou corps mort, consacré spécialement aux navires
qui ont à vérifier leurs compas.

On déterminerait de ce point, une fois pour toutes, l'azimut
magnétique des points éloignés de la rade, ou bien l'on éta-
blirait à terre un alignement dont le gisement magnétique serait bien déterminé : les navires auraient ainsi beaucoup de faci-
lité pour vérifier leurs compas, car il leur suffirait de faire un
ou deux tours complets d'horizon autour du corps mort. Généralement, il est bon de faire deux tours, l'un en faisant l'évolution sur bâbord, et le deuxième en la faisant sur tribord, et de
prendre la moyenne des déviations trouvées pour les mêmes
caps, parce que celles-ci seront indépendantes de l'inertie des
roses qui fait que dans ces mouvements de révolution du navire,
l'aiguille est toujours entraînée un peu, et s'écarte ainsi du
méridien magnétique.

On peut, si l'on fait un long séjour sur une rade, profiter
de l'évitage naturel du navire, soit par l'effet du vent, soit par
celui des courants, pour déterminer au moyen des relèvements
d'un point éloigné les déviations des compas; on évitera de
cette manière des manœuvres quelquefois difficiles et gênantes;
mais il sera nécessaire, dans ce cas, d'avoir un grand nombre
d'observations et de noter pour chacune d'elles de quelle manière le navire évite, afin de n'admettre que les moyennes dans
lesquelles entreront des observations faites dans deux ou un
nombre pair d'évitages en sens contraire; autrement on pourrait, par suite de l'inertie de la rose, avoir des erreurs assez
considérables. Il sera, du reste, préférable de faire évoluer le

navire au moyen d'amarres, afin de répartir plus uniformé-
ment les observations sur toute l'étendue de la rose des vents.

*De la rectification des compas à bord des bâtiments
en fer.*

Nous supposerons pour simplifier qu'il n'y a à bord qu'un
seul compas de route, l'opération étant tout à fait la même,
sauf quelques tâtonnements de plus, lorsqu'il y en a deux.

On devra être muni, pour chaque compas, de plusieurs barreaux ou faisceaux de barreaux aimantés, enfermés dans une
enveloppe en cuivre jaune, et, en outre, d'un compensateur en
fer doux, composé de rondelles de tôle de 10 à 12 centimètres
de diamètre et de 1 ou 2 millimètres d'épaisseur superposées
ou séparées par des rondelles de carton de manière à former
un cylindre de 20 à 25 centimètres de longueur, enfermé dans
un étui en cuivre jaune [1].

Ainsi que nous l'avons dit plus haut, la place destinée aux
compas doit être, autant que possible, dégagée de masses de
fer. Dès que cette place sera arrêtée, on déterminera, à l'aide
d'un fil à plomb, la projection du centre de la rose sur le pont ;
puis on rapportera ce point au-dessous du pont, en perçant
celui-ci avec un vilebrequin dont la mèche devra être guidée
par un appareil particulier, de manière à ce qu'elle descende
bien verticalement.

Par le point ainsi déterminé, on tracera deux lignes, l'une
dans le sens de la quille du navire et l'autre perpendiculairement à cette direction, et on les prolongera à l'avant et à l'arrière du compas, de même qu'à tribord et à bâbord de celui-ci.

On devra être muni de coulisses en bois que l'on placera sous
le pont, parallèlement aux deux lignes tracées, de manière à ce
que leur écartement, deux à deux, soit égal à la longueur des
barreaux aimantés et qu'en faisant courir l'un de ceux-ci entre
les coulisses, la ligne tracée sur le milieu de son enveloppe

---

[1] M. Airy emploie, pour le compensateur en fer doux, une chaîne de fer renfermée
dans une boîte en bois ; après bien des essais, nous nous sommes arrêté à
l'emploi des rondelles en fer doux disposées ainsi qu'il est dit, comme étant le
système le moins susceptible de prendre du magnétisme permanent.

coïncide toujours avec la ligne tracée sous le pont, et que le barreau lui-même soit perpendiculaire à cette ligne.

Les choses étant ainsi disposées, on met le cap au N. en plaçant préalablement la pinnule sur la division du cercle du compas correspondant au N., d'après le tableau qu'on a dressé à l'avance.

Le compas n'indiquera très-probablement pas le N.; on prendra alors un barreau aimanté et on le présentera au compas perpendiculairement à la quille, de manière à ramener le point Nord de la rose vers la ligne de foi de la boussole; puis, sans renverser les pôles du barreau, on placera celui-ci dans le système de coulisses parallèles à la quille et on le fera courir perpendiculairement à celle-ci, en l'approchant ou l'éloignant du compas jusqu'à ce que le cap indiqué soit exactement le N.

Nous ferons remarquer que ce barreau aimanté peut être placé indifféremment à l'avant où l'arrière du compas. Les seules conditions de position qu'il ait à remplir sont d'être perpendiculaire au plan vertical parallèle à l'axe du navire passant par le centre de la rose, et d'avoir le milieu de sa longueur dans ce plan.

Ce barreau pourrait également être placé dans le plan vertical perpendiculaire à la quille passant par le centre de la rose : les seules conditions de position qu'il aurait à remplir alors, seraient d'avoir son axe longitudinal dans ce plan et d'être perpendiculaire au plan vertical parallèle à l'axe du navire, passant par le centre de la rose; mais la disposition qui précède est préférable sous tous les rapports.

Si un seul barreau était insuffisant pour faire marquer le N. au compas, on en emploierait un second, et au besoin, un troisième.

Après avoir fixé provisoirement le barreau dans la position satisfaisant à toutes les conditions énoncées, on fera faire une demi-révolution au navire, de manière à ce que le cap soit dirigé vers le S., ce dont on s'assurera en faisant parcourir 180° à la pinnule du compas de relèvement et visant le point A avec celle-ci.

Si la correction au N. a été bien faite, le compas doit indiquer le S. ; il y aura généralement une petite différence ; mais elle sera d'autant plus faible que les opérations préliminaires auront été faites avec plus de soin.

C'est pourquoi nous insisterons d'une manière toute particulière pour que l'on mette le plus grand soin dans la détermination de l'azimut magnétique du point A et dans le tracé de deux lignes perpendiculaires qui doivent passer par la projection du centre de la rose sous le pont ; on devra veiller également à ce que la ligne de foi du compas soit bien dans l'axe du navire.

Si le compas n'indique pas exactement le S., on devra en approcher ou en éloigner le barreau aimanté jusqu'à ce qu'on ait partagé la différence en deux ; puis on fera faire une nouvelle demi-révolution au navire, et l'on mettra le cap au N. en prenant un relèvement sur le point A avec la pinnule placée convenablement, et s'il est nécessaire on opérera encore de la même manière.

On arrivera ainsi ou à faire marquer exactement le N. et le S. au compas, ou bien à n'avoir qu'une très-petite différence.

Afin d'éviter un travail inutile, il est bon de connaître dans quel cas on peut faire disparaître les petites différences qui existent en mettant le cap successivement au N. et au S.

Si pour les deux caps la déviation apparente est dans le même sens, c'est-à-dire si le cap est un peu à l'O. du N. et du S., ou bien un peu à l'E., l'erreur pourra toujours se corriger par des tâtonnements successifs ; mais si le cap, étant un peu à l'O. du N., il était un peu à l'E. du S. après la demi-révolution ou réciproquement, la correction ne pourrait pas se faire et l'on ne devrait s'attacher qu'à rendre cette erreur la plus petite possible.

Supposons, par exemple, que le cap étant au N., le compas indique le N. 1° 30′ E., et qu'avec le cap au S., il indique le S. 1° 30′ E., on pourra toujours faire disparaître cette erreur ; mais si l'on avait N. 1° 30′ E. pour le cap au N., et S. 1° 30′ O. pour le cap au S., la correction ne pourrait pas se faire.

Lorsqu'on a ainsi amené le compas à marquer exactement ou d'une manière très-approchée le N. et le S., on met le cap à l'E. à l'aide du point de mire. Le compas n'indiquera génétralement pas l'E., mais au moyen d'un nouveau barreau aimanté ou de plusieurs que l'on placera dans les coulisses perpendiculaires à la quille et que l'on fera courir perpendiculairement à la ligne transversale, de manière à ce que le milieu du barreau soit toujours sur cette ligne, on amènera la ligne Est et Ouest de la rose sur la ligne de foi du compas ; puis on fera faire une demi-révolution au navire, et l'on mettra le cap à l'Ouest. Le compas devra marquer l'O. ; s'il ne l'indiquait pas on arriverait par des tâtonnements successifs à rendre l'erreur très-petite et à la réduire à son minimum.

Ce barreau peut être placé indifféremment à tribord ou à bâbord du compas ; les seules conditions de position qu'il ait à remplir sont d'être perpendiculaire au plan vertical perpendiculaire à l'axe du navire et passant par le centre de la rose, et d'avoir le milieu de sa longueur dans ce plan.

On pourrait le placer également dans le plan vertical parallèle à l'axe du navire passant par le centre de la rose ; les seules conditions de position qu'il aurait à remplir seraient d'avoir son axe longitudinal dans ce plan et d'être perpendiculaire au plan vertical perpendiculaire à l'axe du navire passant par le centre de la rose ; mais la disposition qui précède est préférable sous tous les rapports.

Lorsque le compas a encore une petite erreur avec le cap à l'E. ou à l'O., elle peut se corriger quand le cap indiqué par le compas est au N. de l'E. et de l'O., ou bien au S. de l'E. et de l'O., dans les deux positions ; mais s'il est au N. de l'E. d'une part et au S. de l'O. de l'autre, ou bien au S. de l'E. d'un côté et au N. de l'O. de l'autre côté, la correction ne peut plus se faire.

Du reste, l'expérience et la pratique apprendront sur quel degré de précision on peut compter, et s'il est nécessaire de pousser plus loin les tâtonnements.

Lorsque le compas indiquera exactement ou aussi exactement que possible le N., le S., l'E. et l'O., on pourra fixer définitivement les barreaux aimantés.

Les erreurs pour tous les caps seront alors considérablement diminuées, et si l'on fait faire au navire un tour complet d'horizon, on verra que le *maximum* des erreurs restantes n'est plus que de 5° à 6°, et que ce *maximum* a lieu vers le N. E., le N. O., le S. O. et le S. E.

Pour faire disparaître les dernières erreurs, on se servira du compensateur en fer doux, dont il a été parlé plus haut et que l'on placera à tribord ou à bâbord du compas, et dans le sens de sa longueur, de manière à ce que son axe soit dans le plan de la rose, et que le milieu de sa longueur se trouve dans le plan perpendiculaire à la quille, passant par le centre de la rose.

Voici comment on procède à l'installation de ce compensateur, de manière à rendre les erreurs les plus petites possible. Au moyen du point de mire A et de la pinnule placée convenablement, on met successivement le cap du navire au N. E., au N. O., au S. O. et au S. E. On note pour ces caps les déviations du compas et l'on en prend la moyenne. Ces erreurs seront généralement telles que le cap indiqué sera près du N. ou du S.

On maintiendra ensuite le navire à l'un des caps précités, et l'on placera le compensateur ainsi qu'il a été dit plus haut, en l'écartant plus au moins du compas, de manière à faire parcourir à la rose un arc égal à la moyenne des déviations sur les quatre caps. Si l'on vérifie alors les différents caps du navire, on verra que le compas n'a presque plus d'erreurs, et si toutes les opérations ont été conduites avec soin, si les azimuts magnétiques ont été déterminés avec précision, et s'il n'y a pas de masses de fer trop voisines du compas, on arrivera à des erreurs finales qui ne dépasseront pas 1° à 1° 1/2.

Avant l'installation du compensateur en fer doux, les erreurs sont généralement telles que le compas indique une direction plus proche du N. ou du S. qu'elle ne l'est réellement; si la direction indiquée par le compas était plus éloignée du N. ou du S., il faudrait placer la masse de fer doux en avant ou en arrière du compas, dans une position exactement perpendiculaire à celle qui convient dans le premier cas.

Lorsqu'il y a deux compas au lieu d'un, l'opération demande un peu plus de temps, parce que lorsqu'on a rectifié l'un d'eux, celui de tribord, par exemple, pour le cap au N., les barreaux aimantés qu'on emploie pour rectifier celui de bâbord agissent sur le compas de tribord de telle sorte qu'il ne marque plus le Nord. Mais en changeant successivement de position les deux barreaux transversaux, on arrivera à faire indiquer le N. aux deux compas. Il en sera de même pour le cap à l'E. et à l'O.; c'est alors aux barreaux longitudinaux qu'on devra toucher.

Lorsque du port ou de la rade on ne voit pas de point éloigné ou qu'on ne peut établir d'alignement comme celui dont nous avons parlé plus haut, on est obligé d'établir à terre, au moyen de jalons, des alignements N. et S., E. et O., N. E. et S. O., N. O. et S. E., et à l'aide des amarres on se place successivement dans ces alignements. Il est nécessaire pour cela d'établir à bord deux mires que l'on place à égale distance de l'axe du navire, de manière à avoir sur celui-ci une ligne parallèle à cet axe. On fait venir ces mires dans l'alignement de celles qui sont à terre dans les directions précitées; mais ce procédé est beaucoup plus compliqué que celui qui a été décrit plus haut, et l'on pourra généralement éviter de l'employer dans nos grands ports en opérant sur rade.

Il est bon, une fois que l'opération est terminée, de faire faire au navire un ou deux nouveaux tours d'horizon, en comparant de 10° en 10° les caps indiqués par les compas, aux caps réels déterminés, ainsi que nous l'avons dit plus haut; on pourra dresser ainsi un tableau des déviations finales correspondant aux divers caps, c'est-à-dire des quantités angulaires dont le N. de l'aiguille s'écarte du N. magnétique par l'effet des forces perturbatrices qu'on n'a pu faire disparaître. On écrira ces déviations en regard des caps correspondants, en faisant précéder du signe + celles qui sont Est et du signe — celles qui sont Ouest. De cette manière, il sera facile d'en tenir compte dans la réduction des routes, car il suffira, pour avoir la *variation apparente* relative à chaque cap, d'ajouter algébriquement, c'est-à-dire avec son signe la *déviation* à la *variation* ordinaire supposée *positive* si elle est N. E. et *négative* si elle est N. O.

Nous compléterons cet exposé des procédés à suivre pour rectifier les compas des bâtiments en fer, en donnant le tableau des erreurs du compas du *Requin*, avant et après leur rectification, telles qu'elles ont été observées en rade de l'île d'Aix, les **20** et **21** juillet 1850.

Tableau des déviations des compas du REQUIN *avant la rectification.*

CAPS du navire.	COMPAS DE TRIBORD.		COMPAS DE BÂBORD.		COMPAS DE RELÈVEMENTS.	
	Indications.	Déviations.	Indications.	Déviations.	Indications.	Déviations.
NORD.	N. 12°45' E.	— 12°45'	N. 9°15' E.	— 9°15'	N. 8°45' E.	— 8°45'
N. 10° E.	22 0	— 12 0	18 15	— 8 15	15 30	— 5 30
21	31 0	— 10 0	27 45	— 6 45	25 0	— 2 0
29	38 30	— 9 30	35 30	— 6 30	28 15	+ 0 45
40	47 0	— 7 0	44 45	— 4 45	36 0	+ 4 0
50	55 0	— 5 0	53 30	— 3 30	42 45	+ 7 15
64	67 45	— 3 45	66 15	— 2 15	53 45	+ 10 15
79	80 45	— 1 45	79 30	— 0 30	65 0	+ 14 0
EST.	EST.	0 0	N. 89 0 E.	+ 1 0	74 45	+ 15 15
S. 78 E.	S. 79 15 E.	+ 1 15	S. 80 15 E.	+ 2 15	N. 84 45 E.	+ 17 15
69	71 45	+ 2 15	71 45	+ 2 45	S. 88 0 E.	+ 19 0
59	62 30	+ 3 30	62 30	+ 3 30	78 0	+ 19 0
51	55 45	+ 4 45	55 45	+ 4 15	71 0	+ 20 0
39	46 30	+ 7 30	44 45	+ 5 45	59 30	+ 20 30
31	39 30	+ 8 30	37 15	+ 6 15	50 50	+ 19 30
21	32 0	+ 11 0	28 30	+ 7 30	40 15	+ 19 15
13	25 15	+ 12 15	21 15	+ 8 15	31 15	+ 18 15
4	17 30	+ 13 30	13 15	+ 9 15	21 30	+ 17 30
S. 11 O.	4 45	+ 15 45	S. 0 15 O.	+ 10 45	2 45	+ 15 45
21	S. 4 30 O.	+ 16 30	9 30	+ 11 30	S. 10 30 O.	+ 10 30
30	12 30	+ 17 30	18 0	+ 12 0	23 45	+ 6 15
39	22 30	+ 16 30	28 0	+ 11 0	39 45	— 0 45
50	34 30	+ 15 30	39 15	+ 10 45	53 45	— 6 45
58	45 30	+ 12 30	48 0	+ 10 0	69 0	— 11 0
68	58 30	+ 9 30	61 50	+ 6 30	83 15	— 17 15
80	75 0	+ 5 0	76 0	+ 4 0	N. 77 45 O.	— 22 15
S. 89 O.	88 0	+ 1 0	88 0	+ 1 0	66 30	— 24 30
N. 81 O.	N. 75 30 O.	— 5 30	N. 77 15 O.	— 3 45	53 45	— 27 15
70	59 30	— 10 30	63 45	— 6 15	43 45	— 26 15
59	48 0	— 11 0	50 50	— 8 30	33 45	— 25 15
51	37 0	— 14 0	40 30	— 10 30	28 45	— 22 45
58	22 30	— 15 30	27 0	— 11 0	17 15	— 20 45
30	15 15	— 14 45	19 30	— 10 30	11 45	— 18 15
22	7 15	— 14 45	8 30	— 13 30	5 45	— 16 15
12	N. 2 30 E.	— 14 30	1 15	— 10 45	N. 6 30 E.	— 12 30

Tableau des déviations des compas du REQUIN après la rectification.

CAPS du navire.	COMPAS DE TRIBORD. Indications.	Déviations.	COMPAS DE BABORD. Indications.	Déviations.	COMPAS DE RELÈVEMENT. Indications.	Déviations.
NORD.	N. 0°15′ O.	+ 0°15′	N. 0°15′ E.	— 0°15′	N. 0°15′ E.	— 0°15′
N. 10° E.	N. 9 15 E.	+ 0 45	9 0	+ 1 0	9 30	+ 0 30
20	19 30	+ 0 30	19 30	+ 0 50	20 15	— 0 15
31	29 15	+ 1 45	29 15	+ 1 45	31 0	0 0
38	38 0	— 0 0	37 30	+ 0 30	39 0	— 1 0
49	48 55	+ 0 5	49 5	— 0 5	49 55	— 0 55
60	60 22	— 0 22	61 27	— 1 27	62 22	— 2 22
71	72 25	— 1 25	72 40	— 1 40	72 40	— 1 40
82	82 0	0 0	82 52	— 0 52	82 22	— 0 22
S. 88 E.	S. 88 18 E.	+ 0 18	S. 87 0 E.	— 1 0	S. 87 35 E.	— 0 25
80	80 23	+ 0 23	79 20	— 0 32	79 33	— 0 7
70	70 54	+ 0 54	70 4	+ 0 4	71 14	+ 1 14
61	62 0	+ 1 0	61 0	0 0	61 0	0 0
56	56 5	+ 0 5	56 7	+ 0 7	55 20	— 0 40
42	41 43	— 0 17	41 16	— 0 44	40 33	— 1 27
30	29 46	— 0 14	28 53	— 1 7	28 26	— 0 34
19	18 47	— 0 13	18 22	— 0 38	17 47	— 1 13
10	10 24	+ 0 24	9 30	— 0 30	9 24	— 0 36
S. 2 O.	S. 0 42 O.	+ 1 18	S. 1 35 O.	+ 0 25	S. 1 35 O.	+ 0 25
10	8 20	+ 1 40	9 42	+ 0 10	9 50	+ 0 10
21	18 25	+ 2 35	20 0	+ 1 0	19 35	+ 1 25
29	27 5	+ 1 55	28 10	+ 0 50	28 40	+ 0 20
40	40 0	0 0	41 0	— 1 0	39 0	+ 1 0
50	50 45	— 0 45	51 0	— 1 0	51 30	— 1 30
60	61 42	— 1 42	61 22	— 1 22	63 37	— 3 37
70	72 32	— 2 32	71 12	— 1 12	74 0	— 4 0
80	82 10	— 2 10	80 0	0 0	82 10	— 2 10
OUEST.	N. 88 57 O.	— 1 3	S. 89 0 O.	+ 1 0	N. 88 16 O.	— 1 44
N. 78 O.	79 14	+ 1 14	81 9	+ 3 9	76 54	— 1 6
70	69 32	— 0 8	71 22	+ 1 22	68 52	— 1 8
59	58 40	— 0 20	59 45	+ 0 45	59 30	+ 0 30
38	37 43	— 0 17	37 23	— 0 37	37 33	— 0 7
21	19 15	— 1 45	18 47	— 2 13	19 25	— 1 33
10	9 50	— 0 10	9 37	— 0 23	9 45	— 0 15

Il reste la question de savoir comment l'état magnétique du navire se comporte avec le temps et avec les changements de lieux ; on n'a que des données fort incertaines à cet égard. Ce qu'il y a de sûr, c'est que l'état magnétique change avec le temps, comme nous l'avons constaté sur quelques navires et entre autres sur l'*Australie*, ainsi qu'on peut le voir au tableau de la page 32, dans lequel nous donnons les caps pour lesquels on a eu la déviation nulle et les déviations maximum en 1845 et 1847.

Quant aux modifications résultant du changement de lieu, nous n'avons aucune observation propre à nous éclairer ; mais nous ajoutons que la question est étudiée sur une grande échelle par un comité qui s'est formé à Liverpool dans ce but spécial.

Ce comité n'a pas encore réuni assez de données pour en déduire des conclusions pratiques, mais il espère être en mesure de pouvoir bientôt tracer des règles générales sur les modifications que subissent les déviations des compas tant à bord des bâtiments en bois que de ceux en fer ; c'est du moins ce qu'il annonce dans une publication récente sur les principaux résultats obtenus jusqu'à ce jour.

Ce qu'il y donc de mieux à faire, c'est de ne négliger aucune occasion de vérifier les déviations des compas. Toutes les fois qu'un navire en fer arrive dans un port ou sur une rade, que ses compas soient corrigés ou non, il est de la plus grande importance de vérifier leurs indications. S'il passe en vue d'une terre dont il a des cartes exactes, il doit, à l'aide d'alignements de points reconnaissables, faire la même vérification en venant couper cet alignement sous différents caps, et relevant les deux points lorsqu'ils sont l'un par l'autre : si la variation du lieu est connue, la détermination des déviations des compas ne souffrira aucune difficulté. Mais si la variation n'est pas connue, on devra s'attacher à déterminer la *variation apparente*, c'est-à-dire la *variation affectée de la déviation* pour les caps les plus voisins de la route que le navire aura à suivre.

A défaut de points à terre on pourra se servir du soleil lorsqu'il est voisin de l'horizon.

On a proposé de déterminer la variation réelle dans ces

circonstances, en faisant faire au navire un tour complet d'horizon et observant, à divers caps, le relèvement magnétique d'un point ou d'un astre; on prenait la moyenne de tous ces relèvements pour le relèvement magnétique exact du point ou de l'astre relevé, et en le combinant avec le relèvement astronomique de ceux-ci on en concluait la variation; mais dans certains cas on s'exposerait à des graves erreurs en procédant ainsi; en effet, en appelant X l'azimut magnétique du point relevé d, d', etc., les déviations, à divers caps, A, A', etc., les relèvements observés, on aura une suite d'équations de la forme

$$X + d = A.$$
$$X + d' = A'.$$

. . . .

X, d, d', etc..., sont inconnues, A, A'... au contraire sont déterminés par l'observation; on voit donc qu'on aura une inconnue de plus que d'équations. On a supposé qu'en faisant la somme de toutes ces équations, les termes d, d'... qui seront, les uns positifs, les autres négatifs, se détruiraient, ou en d'autres termes, que $d + d' + d''$, etc... $= 0$, ou du moins qu'en appelant n le nombre d'observations, le terme.... $\frac{d + d' + d''...}{n}$ serait assez petit pour pouvoir être négligé; mais dans le cas d'un navire en fer dont les compas ne sont pas corrigés, cela aura lieu rarement, même en espaçant également les observations; $\frac{d + d' + d''...}{n}$ est quelquefois égal à 5° et 6°, suivant la répartition du magnétisme sur le navire.

Dans le cas où les compas seraient corrigés et où il ne resterait que peu d'erreurs, on pourrait généralement procéder ainsi; de même dans le cas d'un navire en bois, si les erreurs ne sont pas trop grandes et marchent régulièrement; on pourra alors n'avoir que 0° ½ ou 1° d'erreur; mais il faudra pour cela que les observations soient également espacées, et faites sur un tour complet d'horizon.

Le plus prudent en tous cas sera, ainsi que nous l'avons dit plus haut, d'observer la variation pour divers caps du navire, et notamment pour ceux voisins de la route que celui-ci aura à suivre.

Paris.—Imp. de PAUL DUPONT, rue de Grenelle-Saint-Honoré, 45.

PARIS,
IMP. PAUL DUPONT.